IN ADR. TVRNEBI, Regij Philosophiæ Professoris clarissimi, obitum, Nænia,

D. LAMBINO MONSTROL.
eius collega auctore.

PARISIIS.
Apud Federicum Morellum, in vico Bellouaco,
ad vrbanam Morum.

M. D. LXV.

Gallia loquens inducitur.

TE'ne ergo quiſquam complexu auellere matris
Diuorum potuit? te te mea gloria nuper
Turnebe? quo ſolo cælum, quo ſidera adibam?
Crudeles diui! (vos diui ignoſcite, ſiquid
Mater ego externata, acríque incenſa dolore
Effundam ingratum vobis. non Gallia taleis
Ipſa in uos iaciet uoces: ſed mater alumno
Orba ſuo, æterno mater mærore ſubacta,
Mentis inópſque ſuæ fortaſſe infanda loquetur)
Crudeles diui: quódnam vnquam mente, animóque
Cõcepi tam immane ſcelus? quámue improba culpã
Commerui, cuius taleis exſoluere pœnas
Vobis debuerim? num veſtra ego iura reſolui?
Num veſtras violaui aras, aut numina ſancta
Contemſi, ueſtrámue fidem periura fefelli?
Verùm eſto: hæc, atque his multo grauiora patrarim:
At vos præteritis contentos eſſe decebat
Pœnis, quas miſeranda, lui tamen. en ego, quondam
Quæ florebam opulenta bonis, nunc arida, inópſque

Squalleo. ciuili hi maduerunt ſanguine campi:
Enſe meas auido viduaſtis ciuibus vrbeis:
Et, populis aliis quæ præſidio eſſe ſolebam,
Ipſa eadem Hiſpano, Germanóque, atque Britanno
Præda fui. quid plura querar? quid vulnera noſtra
Enumerē, aut refricem? non tot tamen (ô fera diuûm
Pectora!) non tales potuerunt exſaturare
Pœnæ animos. tantæ'ne animis cæleſtibus iræ?
Crudeles diui, crudelia & aſpera fata:
Crudeles Parcæ, quæ, cui longiſſima vitæ
Debuerant ſuperi, ſiquid mortalibus ægris
Conſulere, atque bonas arteis procudere vellent,
Tempora largiri: huic rapidis ſubtemina palmis
Rupiſtis Parcæ immites, crudelia fata.
Me tot iam damnis fractam, tot cladibus ægram:
Et tamen vnius doctrinarum, atque lepôrum
Vindicis aſſidui, cultoríſque, atque parentis,
Quem è gremio edideram liquidas in luminis oras,
Doctrina, ingenio, virtute, & laude perenni
Fallentem curas, triſtíque oppreſſa dolore
Pectora ſolantem, & lacrymas, fletúſque leuantem:
Huius me interitu & leto afflixiſtis acerbo,
Parcæ, crudeles Parcæ, crudelia fata.
Heu furiis agitata feror, præcepsq́ue furore:
Qualis per virideis ſaltus vacca orba requirit
Ereptum vitulum, ante deûm vt delubra decôra
Purpureum exſpirans tepido de pectore flumen
Procubuit ſubitò pingueis mactatus ad aras:

Illa uolat, siluas virideis orbata pererrans,
Omnia perlustrans oculis nemora auia, & arua,
Si forte amissum queat vsquam cernere fœtum:
Non illam fluuij, aut herbæ, salicésue morari
Possunt, questibus implentem & mugitibus auras.
Sed tamen ô GENITOR, nutu qui cũcta gubernas,
(Namque ego nunc ad me redij, mentémque recepi)
Quamuis optandum fuerat mihi, & omnibus illum
Gentibus extremam ætatis contingere metam,
Nec cadere ante diem in crudæ, viridísque senectæ
Limine, quo maior prudentia, & acrius esse
Tempore iudicium solet, ingeniíque facultas
Vberior, tamen, ô te Maxime & Optime RECTOR,
Te veneror, tua supplicibus colo numina dextris,
Gratésque ingenteis tibi ago, & persoluo duobus
Nominibus: primùm q̃ TVRNEBVS editus ex me est:
Cuius doctrinæ totum diffusa per orbem
Copia, & vbertas spectato purior auro
Profuit Ausonidæ, Germano, Daco, & Ibero:
Deinde quòd, vt vita illius omnis laudibus amplis
Floruit ingenij, neque eo ex æqualibus eius
Aut probitate fuit, doctrina aut clarior alter:
Sic mors illustris pietate & relligione
Sincera emicuit. CHRISTVM namque ille professus
Seruatorem hominum, diuinæ particulam auræ
Caram animam, fonti atque parenti soli animarum
Reddidit: at corpus terræ mandauit humandum.
Funeris immensam pompam, funalia centum,

Æris Campani reboanteis pulsibus auras,
Lugentum seriem pullatorum, lacrymantem
Demisso in terram vultu longo agmine turbam,
Atq; superuacuos sumtus, titulósque sepulcri
Testamento idem vetuit. Sic itur ad astra,
His patet in cælum ascensus virtutibus, atque
Artibus. Æternum doctissime TVRNEBE salue,
Æternúmque vale: vale inclyta gloria gentis
Francigenûm, & patriæ decus irreparabile terræ.

Μονῳδία εἰς Ἀδριανὸν Τόρνηβον.

Ἀμφὶ τεὸν, Τόρνηβε, τάφον κατὰ θερμὰ θέαιναι
Δάκρυα, καὶ πλοκάμους μίγδα χέουσι θεοὶ,
Σύνδρομα καὶ μηδὲν θείοις εἴκουσιν ὀδυρμοῖς
Γάμπαν ἀθυμούντων ἔθνεα πολλὰ βροτῶν.
Ἄχρι μὲν ἀθανάτους, λαχέειν ὡς τέρμα γόοιο,
Τοῦ, θνητὸν κλῆρον, καὶ πεθέειν θάνατον,
Θνητοὺς δ᾽ ἀθάνατον τιμὴν εὔχεσθαι, ἑαυτοῖς
Ζῶν ἐπερήμενον ὡς τὸν θανέοντα φίλον.
Οὐκ ἀποφώλιόν ἐστι γέρας, Τόρνηβε, καμόντων
Τῆς ἀρετῆς, πάντων αὐτὸς ὄναιο πόθου,
Οὖλε τε καὶ μέγα χαῖρε, θεῶν φιλότητι, καὶ ἀνδρῶν,
Τόρνηβ᾽, ἀκλαύστου μήτε τάφοιο τυχών.

Γ. Οὐαλ. Αὐρήλιος.

ADR. TORNEBI TVMVLVS.

Quòd nuper castas percußit sidere lauros,
Supplicis & nati Deus aspernatus amores:
Quòd vastæ cladi sacra nulla superfuit arbor,
Non frustra fuit ista lues: tacitúsque videbam,
Hæc infausta viris Phœbi portenta minari.
Euentus nostræ, en, sequitur præsagia mentis:
Te, Tornebe pater, nimirum ea monstra petebant,
Dum lentus, medicáque sedes inglorius arte,
Nec rumpis fata auguriis, herbisue tuorum
Phœbe. decus quantum Musarum sacra caterua,
Præsidium Ausonia, & quantum amisistis Athenæ!
At fruitor felix lauro, Tornebe, perenni,
Secura nostrique Iouis, nostræque procellæ,
Èlysio in frondoso. exspectatóque potiti
Te dudum casti vates, Musæus, Homerus,
Orpheus certatim, nostro mærore fruuntur.

G. V. *Aurelius.*

IN ADR. TVRNEBI, Regij Philosophiæ Professoris clarissimi, obitum, Nænia,

D. LAMBINO MONSTROL. eius collega auctore.

PARISIIS,
Apud Federicum Morellum, in vico Bellouaco, ad vrbanam Morum.

M. D. LXV.

Gallia loquens inducitur

TE'ne ergo quisquam complexu auellere matris
Diuorum potuit? te te mea gloria nuper
Turnebe? quo solo cælum, quo sidera adibam?
Crudeles diui. (vos diui ignoscite, siquid
Mater ego externata, acríque incensa dolore
Effundam ingratum vobis. non Gallia taleis
Ipsa in uos iaciet uoces: sed mater alumno
Orba suo, æterno mater mærore subacta,
Mentis inópsque suæ fortasse infanda loquetur)
Crudeles diui: quódnam vnquam mente, animóque
Cōcepi tam immane scelus? quámue improba culpā
Commerui, cuius taleis exsoluere pœnas
Vobis debuerim? num vestra ego iura resolui?
Num vestras violaui aras, aut numina sancta
Contemsi, uestrámue fidem periura fefelli?
Verùm esto: hæc, atque his multo grauiora patrarim:
At vos præteritis contentos esse decebat
Pœnis, quas miseranda, lui tamen. en ego, quondam
Quæ florebam opulenta bonis, nunc arida, inópsque

Squalleo. ciuili hi maduerunt ſanguine campi:
Enſe meas auido viduaſtis ciuibus vrbeis:
Et, populis aliis quæ præſidio eſſe ſolebam,
Ipſa eadem Hiſpano, Germanóque, atque Britanno
Præda fui. quid plura querar? quid vulnera noſtra
Enumerẽ, aut refricem? non tot tamen (ô fera diuûm
Pectora!) non tales potuerunt exſaturare
Pœnæ animos. tantæ'ne animis cæleſtibus iræ?
Crudeles diui, crudelia & aſpera fata:
Crudeles Parcæ, quæ, cui longiſſima vitæ
Debuerant ſuperi, ſiquid mortalibus ægris
Conſulere, atque bonas arteis procudere vellent,
Tempora largiri: huic rapidis ſubtemina palmis
Rupiſtis Parcæ immites, crudelia fata.
Me tot iam damnis fractam, tot cladibus ægram:
Et tamen vnius doctrinarum, atque lepôrum
Vindicis aſſidui, cultoríſque, atque parentis,
Quem è gremio edideram liquidas in luminis oras,
Doctrina, ingenio, virtute, & laude perenni
Fallentem curas, triſtíque oppreſſa dolore
Pectora ſolantem, & lacrymas, fletúſque leuantem:
Huius me interitu & leto afflixiſtis acerbo,
Parcæ, crudeles Parcæ, crudelia fata.
Heu furiis agitata feror, præcepsque furore:
Qualis per virideis ſaltus vacca orba requirit
Ereptum vitulum, ante deûm vt delubra decôra
Purpureum exſpirans tepido de pectore flumen
Procubuit ſubitò pingueis mactatus ad aras:

Illa uolat, ſiluas virideis orbata pererrans,
Omnia perluſtrans oculis nemora auia, & arua,
Si fortè amiſſum queat vſquam cernere fætum:
Non illam fluuij, aut herbæ, ſalicéſue morari
Poſſunt, queſtibus implentem & mugitibus auras.
Sed tamen ô GENITOR, nutu qui cũcta gubernas,
(Namque ego nunc ad me redij, mentémque recepi)
Quamuis optandum fuerat mihi, & omnibus illum
Gentibus extremam ætatis contingere metam,
Nec cadere ante diem in crudæ, viridíſque ſenectæ
Limine, quo maior prudentia, & acrius eſſe
Tempore iudicium ſolet, ingeniíque facultas
Vberior, tamen, ô te Maxime & Optime RECTOR,
Te veneror, tua ſupplicibus colo numina dextris,
Gratéſque ingenteis tibi ago, & perſoluo duobus
Nominibus: primùm ꝙ TVRNEBVS editus ex me eſt:
Cuius doctrinæ totum diffuſa per orbem
Copia, & vbertas ſpectato purior auro
Profuit Auſonidæ, Germano, Daco, & Ibero:
Deinde quòd, vt vita illius omnis laudibus amplis
Floruit ingenij, neque eo ex æqualibus eius
Aut probitate fuit, doctrina aut clarior alter:
Sic mors illuſtris pietate & relligione
Sincera emicuit. CHRISTVM namque ille profeſſus
Seruatorem hominum, diuinæ particulam auræ
Caram animam, fonti atque parenti ſoli animarum
Reddidit: at corpus terræ mandauit humandum.
Funeris immenſam pompam, funalia centum,

Æris Campani reboanteis pulſibus auras,
Lugentum ſeriem pullatorum, lacrymantem
Demiſſo in terram vultu longo agmine turbam,
Atq; ſuperuacuos ſumtus, titulóſque ſepulcri
Teſtamento idem vetuit.   Sic itur ad aſtra,
His patet in cælum aſcenſus virtutibus, atque
Artibus.   Æternum doctiſſime TVRNEBE ſalue,
Æternúmque vale: vale inclyta gloria gentis
Francigenûm, & patriæ decus irreparabile terræ.

Μονῳδία εἰς Ἀδριανὸν Τόρνηβον.

Ἀμφὶ τεὸν, Τόρνηβε, τάφον κατὰ θερμὰ θέαιναι
    Δάκρυα, καὶ πλοκάμους μίγδα χέουσι θεοὶ,
Σύνδρομα καὶ μηδὲν θείοις εἴκουσιν ὀδυρμοῖς
    Γάμπαι ἀθυμούντων ἔθνεα πολλὰ βροτῶν.
Ἄχρι μὲν ἀθανάτους, λαχέειν ὡς τέρμα γόοιο,
    Τοῦ, θνητὸν κλῆρον, καὶ πεθέειν θάνατον,
Θνητοὺς δ' ἀθάνατον τιμὴν εὔχεσθαι, ἑαυτοῖς
    Ζῆν ἐπερήμερον ὡς τὸν θανέοντα φίλον.
Οὐκ ἀποφώλιον ἔστι γέρας, Τόρνηβε, καμόντων
    Τῆς ἀρετῆς, πάντων αὐτὸς ὄναιο πόθου,
Οὖλέ τε καὶ μέγα χαῖρε, θεῶν φιλότητι, καὶ ἀνδρῶν,
    Τόρνηβ', ἀκλαύστου μή τε τάφοιο τυχών.

Γ. Οὐαλ. Αὐρήλιος

ADR. TORNEBI TVMVLVS.

Quòd nuper castas percussit sidere lauros,
Supplicis & nati Deus aspernatus amores:
Quòd vastæ cladi sacra nulla superfuit arbor,
Non frustra fuit ista lues: tacitúsque videbam,
Hæc infausta viris Phœbi portenta minari.
Euentus nostræ, en, sequitur præsagia mentis:
Te, Tornebe pater, nimirum ea monstra petebant,
Dum lentus, medicáque sedes inglorius arte,
Nec rumpis fata auguriis, herbisue tuorum
Phœbe. decus quantum musarum sacra caterua,
Præsidium Ausonia, & quantum amisistis Athenæ!
At fruitor felix lauro, Tornebe, perenni,
Secura nostrique Iouis, nostræque procellæ,
Elysio in frondoso. exspectatóque potiti
Te dudum casti vates, Musæus, Homerus,
Orpheus certatim, nostro mærore fruuntor.

G. V. *Aurelius.*

ADRIANI TVRNEBI,

REGII PHILOSOPHIÆ PROFESSORIS CLARISSIMI, TVMVLVS,

A Doctis quibusdam viris, è Græco, Latino, & Gallico carmine excitatus.

PARISIIS,

Apud Federicum Morellum, in vico Bellouaco, ad vrbanam Morum.

M. D. LXV.

Hos olim versus lusit in Adr. Tornebum
Ioachimus Bellaïus.

Si decus eloquij nobis concederet Hermes,
Doctrinam Pallas, Carmina Pierides,
Non ego facundi cuperem Demosthenis ora,
Esse nec optarem quod fuit ipse Plato:
Nec mihi Mæonidæ peteretur Musa. quid ergo?
Quod triplicis laudis Tornebus unus habet.

EIVSDEM IOACH. BELLAII in notationem nominis Tornebi.

Copia cui tanta eſt, tanta qui diſſerit arte,
Cuiq; adeò eſt uni clauſa & aperta manus,
Cui ſeſe natura parens, cœlúmque recludit,
Quique agitans molem ſpiritus intus alit,
Qui caua perſpexit telluris uiſcera, cuique eſt
Cognita erythræis eruta gemma uadis,
Qui uolucrum ſpecies uarias, hominúmque, ferarúmq;,
Et nouit quicquid naſcitur oceano,
Qui didicit plantas, ſtirpéſq; herbáſq; ſalubres,
Et quicquid paßim dædala terra creat,
Cui terræ, tractúſq; maris, cui ſydera cœli,
Cui radius notus, circinus, & numerus,
Tempora qui nouit longos digeſta per annos,
Et ſacra, & leges, & pia iura Patrum,
Qui Muſas etiam noſtras, Phœbiq; receſſus,
Qui colit Aonij numina docta iugi,
Qui ueteres Graios, ſacram & populatus Idumen,
Qui priſcum ad Gallos tranſtulit & Latium,
Deniq; qui tantis opibus ditißimus unus,
Quiq; tot inſtructus dotibus ingenij,
Nil niſi limatum profert, atque arte politum:
De facili torno quàm bene nomen habet?

ΕἸΣ ΤΟῪΣ ΤΟΥ͂ ΣΟΦΩΤΆΤΟΥ ΚΑῚ ΕὐΣΕΒΕΣΤΆΤΟΥ ἈΔΡΙΑΝΟΥ͂ ΤΟΡΝΉΒΟΥ ΝΕΚΡΟΜΆΣΤΙΓΑΣ.

Οὐκ ἄρα μοῦνος ἔπασχε πάθος τηλέστατον Ὀρφεὺς,
    Σῶμα διασπαραχθεὶς χερσὶ Μιμαλλονίδων.
Χ' ἡ μὲν κρᾶτ' ἀνελοῦσ' ἣ δ' ὠμοπλάτην τε καὶ ὦμον,
    Ἄλλη δ' ἄλλο σοφοῦ κῦρμα νεοσπαδέως,
Ὤχετ' ἄμουσον, ἄκοσμον ἐποργιάουσαί τιν' ὕμνον,
    Οἷον Ἀγαύη ἑὸν Πενθέα μελπομένη.
Νῦν ἄρα καὶ Τόρνηβος ὁ μουσέων ἱεροφάντης,
    Νῦν Ὀρφεὺς ἕτερος παιδευτὴς σοφίης,
Ἄλλος Ἀριστοτέλης, ἄλλος δὲ Πλάτων τε, καὶ ἄλλος
    Εὐκλείδης, ἄλλος Κῷος Ἱπποκράτης.
Ἄλλος Ὅμηρος ἐών τε, καὶ Ἡσίοδος, καὶ Ἄρατος,
    Ῥήτωρ, ποιητὴς, ἱστορικὸς, κριτικός.
Μοῦνος ἔχων ὅσα πάντες ἕκαστος ἑκάστοτ' ἔχουσι,
    Ἀθρόα, τῆς γλώσσης ἱστορίης ἀμφοτέρης.
Τοῖος ἐὼν Τόρνηβος ὅμως, καὶ τόσσα βραβείων,
    Τόσσα καμὼν βιβλίων, τόσσα διδαξάμενος,
Σῶμα μὲν οὐχ ὡς Θρῆξ, ψυχὴν δὲ θεῶν μελεϊστὶ
    Φεῦ δίχ' ἀπεσπάσθη χερσὶν ἀλιτροτάτης.
Χ' ὃ μὲν δυσσεβέων ἐς ὁμήγυριν, ὃς δ' ἐς ἀσέπτων
    Πνεῦμ' ἐλκυστάζει τοῦ θεοσεπτοτάτου.
Οὐδὲ καὶ ἐν θανάτῳ περ ἀπηνέες, οὐδ' ἐπὶ τύμβῳ
    Εἰῶσι ψυχὴν ἥσυχον ἠρεμέειν.
Ἀλλ' ὁ μὲν ἔνθεν, ὁ δ' ἔνθεν ἀποδρύπτουσιν ἑλόντες,
    Ὥσπερ ἕλωρ κύνες, χ' ἁρπαλέοι κόρακες.
Νῦν δ' ὕμμες μουσαὶ νέου Ὀρφέος, ὄρνυτε πάντες,
    Ὄρνυτε τοῦτον ἄγος νῦν ὁσιωσάμεναι.

ADVERSVS DOCTISS. ET PIISS. VIRI ADRIANI TORNEBI

NECROMASTIGAS.

Ergo non vnus crudelia pertulit Orpheus,
Discerptus manibus mēbra Mimallonidum.
Hæc caput, illa humerū rapiens scapulāq; patētē,
Altera de trunco Vate quod ira tulit.
Ibat inhumanum bacchans inamabile carmen,
Qualesuum lacerum Penthea mater ouans.
Nunc quoque TORNEBVS *Musarum antistes, & alter*
Nunc Orpheus artis dexter in omne genus.
Alter Aristoteles, altérque Plato, alter & idem
Euclides, alter Cous & Hippocrates,
Alter Homerus, & alter Aratúsque, Hesiodúsque,
Orator, Vates, Historicus, Criticus.
Omnia solus habens, alij quæ singula quique,
Quos penes est linguæ ius vtriusque, tenent.
Talis erat quamuis TORNEBVS, *tótque triumphans*
Nominibus, scribens tot simul, atque docens.
Non vt Thrax corpus membratim, à morte sed vmbram
Scinditur, ah facinus, sacrilegis manibus.
Ad nimium sanctos trahit hic, trahit ille profanos
Ad cœtus, animam dilaniátque piam.
Nec quamuis in morte feri, tumulóque sub ipso
Tranquillis pacem Manibus esse sinunt.
Hinc sed hic, ille illinc alterna sorte, rapaces
Seu corui prædam, diripiūnt ve canes.
At vos ô Mystæ, quorum nouus occidit Orpheus,
Nunc ite, & tantum ritè piate nefas.

Νῦν ἅτε πρὶν Κάλαϊς Ζήτης τε κακὰς ἁρπυίας
    Τῆλ' ἀποδιώκεσθε μάντιος ἐσθλοῦ
Ἔρρετε φαυλοῦντες, κακαὶ ὄρνις, ἔρρετε πᾶσαι.
    Ἔρρετε τυμβορυχεῖς, ἔρρετε νεκροτρυφεῖς.
Ἢ γὰρ πολλὰ μάτην καὶ ἀτάσθαλα μαψίλακες ὥς
    Ὄρνιν ἐλαβραγορεῦντ' εἰς Διὸς ὑψιπέτην.
Ἡ δ' ἀπὸ γῆν προλιποῦσ' ἐς ἀγάννιφον ἵπτατ' Ὄλυμπον
    Κλαγγηδὸν, φορέει δ' ἔμπυρα παντὶ βέλη,
Εἰς κεφαλὰς ὑμέων κάκ' ἐλέγχεα, τοὔνεκ' ἔτλητε
    Ἄνδρ' ὠθιμωμένην ἔξοχα Χριστόφιλον.
Εἰ δὲ θανὼν Χριστοῦ τὸ ταπεινόφρον ἐζήλωσε,
    Σφοῖσιν ἐπισκήψας κῆδος ἄπομπον ἄγειν,
Ποιήσουσι καὶ ἄλλοι ὁμῶς νέοι ἠδὲ παλαιοί,
    Οὔ γε κατεγνώσθη οὔτις ἀλιτροσύνη.
Οὐ δύναται τὸ κακὸν δένδρον καλὰ καρποφορῆσαι,
    Οὐδὲ πονηρὸς ἀνὴρ ἔργα τελεῖν ἀγαθά.
Τόσσα τεκὼν πανάρεστα, μὴ αὐτὸς αἰὲν πανάρεστος;
    Πῶς κε πίθοιτ' ἄν τις ψεῦδος ἀπιστότατον;
Εἴ γε κακὸς Τόρνηβος, πῇ, καὶ πότε, καὶ τί κακὸν δρῶν
    Ἠλέγχθη, πόσσου τέρμα βίου περάσας;
Εἰ δὲ καλῶς ἐβίω, πῶς οὐ θάνεν αὐτὸς ὁμοίως;
    Ζωῇ γὰρ θάνατος γίνεθ' ὁμοῤῥόθιος.
Σχέσθε μὲν οὖν νῦν χώσθε κάκ' ὄρνεα γαστέρος οἴκου
    Αἰσχροῦ ἐς ἀχράντους ἀκροβολιζόμενοι.
Εὐαγέως θάνεν ἄρτι, καὶ εὐαγέως ἐβίω πρὶν
    Τόρνηβος, καὶ νῦν εὐαγέεσσι μένει,
Ὀρφεῖ, Μουσαίῳ τε, καὶ Ἡσιόδῳ, καὶ Ὁμήρῳ,
    Ἄλλοισίν τε σοφῶν τοῖς μετὰ τῶν μακάρων
Καὶ τάχα κεν μετὰ τοῖσιν ὑπ' Ἠλυσίης πλατάνοιο
    Μέμφεται ἧς ψυχῆς ὕβριν ἀεικελίην,
Αὐτὰρ ὁμοίῃ παθὼν παραμύθιόν οἱ ἅλις Ὀρφεύς,
    Τῶν γὰρ ὁμοιοτρόπων πότμος ὅμοιος ἔφυ.

Ἰω. Αὐράτου.

Nunc veluti Calais Zetésque malas Harpyias
A diis æquando vate fugate procul,
Ite malæ volucres, dicentes, ite sub Orcum,
Ite sepulchrales, ite cadaueræ.
Næ vos multa Iouis contra sublimè volantem
Vaniloqui frustra deblaterastis auem.
Illa volat terras linquens nitidum æthera supra
Cum clangore, geritque ignea tela patri.
In vestrum caput, ô mala secli opprobria, quando
Vos ausi egregium carpere Christicolam.
Sin moriens humilem CHRISTI *se præbuit instar,*
Iusta iubens fieri non operosa sibi:
Fecerunt & idem multi veterésque nouique,
Impietas quorum nullius acta rea est.
Ferre bonos fructus non est mala quòd queat arbor:
Nec patrare bonum non bonus auctor opus.
Optima tot peperit vir scripta, nec optimus is sit?
Fabula cui faciat tam manifesta fidem?
TORNEBVS *malus est? vbi, quando, quod malefactum*
Deprensum vitæ per spatium omne datæ?
Sin rectè vixit, cur non obiit quoque rectè?
Nam vitæ concors exitus esse solet.
Parcite nunc fœdæ volucres, mala pondera ventris
Impuri, in puros exonerare viros.
Mortuus est sanctè, qui sanctè exegerat æuum
TORNEBVS, *sanctis nunc quoque mixtus inest.*
Orpheî, Musæo comes, Hesiodóque, & Homero,
Atque aliis doctis, qui loca læta tenent.
Forsan & inter eos queritur sub tegmine denso
Elysiæ platani, quod tulit vmbra nefas.
Sed perpessus idem satis est solaminis Orpheus,
Nam mores, mortes sunt & vtrique pares.

IO. AVRATI.

SVR LE TRESPAS D'ADRIAN TVRNEBE

Sonet de P. de Ronsard.

Ie sçai chanter l'honneur d'vne Riuiere,
Mais quand ie suis sur le bord de la Mer
Pour la loüer, la vojant escumer
En sa grandeur si profonde & si fiere,

Du cœur s'enfuit mon audace premiere
Prés de tant d'eau, qui me peut abysmer:
Ainsi voulant Turnebe r'animer,
Ie suis vaincu ajant trop de matiere.

Comme la Mer sa louange est sans riue,
Sans bord son los, qui luit comme vn flambeau.
D'vn si grand homme il ne fault qu'on escriue,

Sans nos escripts son nom est assés beau.
Les bouts du Monde, ou le Soleil arriue,
Grands comme lui, lui seruent de Tombeau.

IN TRISTISSI-
mum Adriani Tur-
nebi morbum Academiæ
PROSOPOPOEIA.

Ponebat Claudius Roilletus
Belnensis.

PARISIIS.

Ex Typographia Thomæ Richardi, ſub Bibliis aureis, è regione Collegij Rhemenſis.

1565.

IN TRISTISSI-mum Adriani Turnebi morbum Academiæ prosopo-POEIA.

CHriste potens, Quid enim miserę nisi vota supersunt,
Nostra vbi mortali destituuntur ope?
Christe potēs, te si qua pij noua causa doloris
Afficit, & iustę si datur hora preci,
Respicito afflictā, & miseris succurrito rebus:
Plus satis est iræ vis mihi nota tuæ.
Membra labant, gelidusque pauor mihi concutit artus,
Deque meo penitus corpore sanguis abit.
Creber vt inuitas pulsat mihi nuncius aures,
Nunc Turnebo aliquid tristius ire meo.
Semianimem voce abrupta, grauiore catharro
Languida subiecto figere membra toro.
Alter vt hunc etiam nullis Epidaurius herbis,
Carminibus nullis alter Apollo leuet.
Non satis id nobis Tussani in funere quondam,
Tristi & Stracelli præcipitique obitu,
Pulpita regalis viduasse insignia musæ,
Eloquioque suum destituisse locum?
Non satis & nuper Morelli morte cadentis
Imbre nouo nostras immaduisse genas?
Illachrimante choro Aonidum cœtuque sororum

Cerneret vt ducibus munera nuda suis?
Ni nunc ægra etiam Turnebo vt fulcior vno
Quo res stante mihi stat, pereunte perit,
Hoc quoque destituar, qui viua voce, manúque,
Graiorum abstrusas tam bene prodit opes?
Quæ tam semota est, quæ gens tam barbara, quæ non
Turnebi audito nomine nostra petat?
Vix dedit inferias Morello & iusta cadenti
Vir pius, & cineri munera summa pio.
Ecce pari petitur morbo (tristissima merces
Quæ studij est) socius fiat vt ipse cinis,
Quid potuit meruisse mori florentibus annis,
Quo solo viuo vel vetor ipsa mori?
Si potuit meruisse mori, concedito saltem
Hunc mihi, ne morti huic sit mea facta comes.
A te principium est, à te quoque finis habetur:
Et seruare tibi vt perdere posse datur.
Si triduo clausum monumenti carcere, verme,
Fœtentem eduxti de stygis ore foras,
Quid dum mortales vitalis spiritus artus
Nondum destituit, non releuasse queas?
Respice me clemens oculo quo cuncta serenas,
Et verbo tantum præcipe, sanus erit.
Musarum moueat, charorum & cura parentum,
Quorum tu lachrimas & pia vota vides.
Si fas alterius retineri morte cadentem,
Et redimi alterius funera funeribus:
Elige doctorum potius tibi de grege quemuis,
Victima nulla tibi non nisi sponte cadet:

Quin etiam in thalami & tedæ consorte resurgit
Qualis in Admeti coniuge vixit amor.
Quæ castos lacerata sinus, lacerata capillos
Adducta tundens pectora casta manu,
Vt sponsum redimat ceruicem porrigit vltro,
Proque suo gaudet victima facta mori.
Sed neque tam vehemens, & inexorabilis, vt sic
Innocuo redimi sanguine fata velis.
Sufficiet plenis adoleri thuris acerris,
Dante sacras populo templa per alta preces.
Sat tibi erit puro & mactato corde litari,
Hostia nulla tibi gratior esse potest.
Ergo adsis, facilísque meis illabere votis:
Et mea ne casu concute regna nouo.
Adde manum qua non præsentior altera, vitam
Quam accepit, saluam debeat ille tibi.
Viuat qui potius mihi, quam sibi viuit, & vno
Ne tu Turnebi funere perde tuos.

Ponebat Claudius Roilletus
Belnensis.

DE IMMATVRO Adriani Turnebi Philosophiæ professoris regij OBITV

IOANNIS MORISOTI D.

CARMEN.

PARISIIS.

Ex Typographia Thomæ Richardi, sub Bibliis aureis, è regione Collegij Rhemensis.

1565.

DE IMMATVRO Adriani Turnebi Phi-losophiæ professoris regij OBITV

IOANNIS MORISOTI D.

CARMEN.

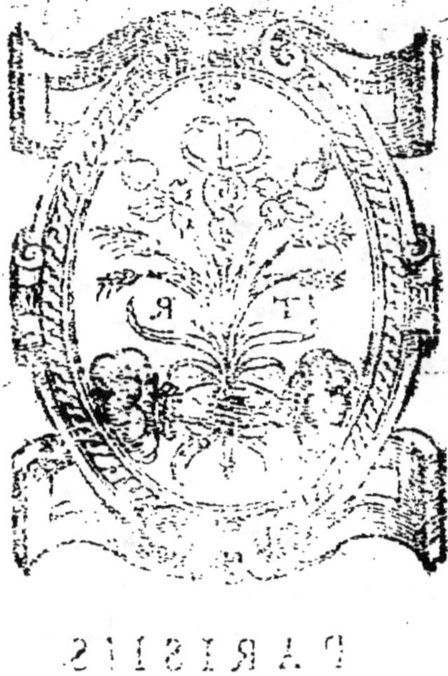

PARISIIS

Ex Typographia Thomæ Richardi, sub Bibliis aureis, è regione Collegij Remensis.

156[illegible]

De immaturo Adriani Turnebi Philosophiæ professoris regii obitu.

IOANNIS MORISOTI. D. Carmen.

IAM *nouus auratum decies renouauerat orbem,*
Phœbus, & insignis decies rubicunda quadrigis
Thitonis coniux tepidos admouerat ignes,
Cum, Rouillete, tuo planxisti carmine morbum
Turnebi, morbum qui nobis lumen ademit
Gallorum, posses tandem vt quoque plangere mortem.
Postera turbatas Aurora remouerat vmbras
Tempore quo somnus diuûm solet esse propheta
Astitit ante oculos, lachrymans Academia, nostros
Talia cum mœstis fundens suspiria verbis.
Proh scelus infandum! periit vir maximus ille,
Maximus heu periit Turnebus! noster Apollo,
Auspiciis cuius potui superare nouenas
Musarum choreas, vitreósque Helionis honores.

Hei mihi! non potuit pietas prohibere sororum
Ferrea iussa trium, voluit nam perdere Parca
Importuna, ferox, cingens crudelia ferro
Pectora, non precibus, blandísve mouenda querelis.
Es nimium fœlix, fœlix Turnebe, relinquens
Mœstitiam, lachrymásque viris, cum sydera tangas,
Cum ioue fulmineo capiens potúmque cibúmque.
Quid me fata mori prohibent? cruor improbus ensem
Tingeret, aut tristem laqueum per colla plicarem.
Dixerat hæc, & plura loqui cupiebat, at illi
Frænabat linguam dolor anxius, atque tacendo
Quod verbis deerat, lachrymis pensabat obortis.
Aureus vt sumens candentia cornua Titan
Frigore concretas fluuiorum laxat habenas,
Fluctus & humentes rapido cum flumine rorat,
Sic madefacta nouis lachrymis Academia dixit.
Cur, Phœbe, ante diem, Phœbi radiantia condis
Lumina? Cur solum voluisti lædere fratrem?
An quia te melius digitis tetigisse canoris
Consona fila Lyræ fertur, meliúsque sonoram
Increpuisse chelyn? num quòd te lumine vicit,
Quo fuerat clarus nostras dum carperet auras?
An quia grandisonis potuit mulcere loquêlis
Ignaros homines, propriâ & ratione carentes?
Cynthie, si causis his fratrem læseris, ille
Iuppiter ignito populos qui fulmine terret,
Flammatos donabit equos currúmque micantem
Turnebo, nostras melius quò temperet oras,
Et faciet, si certa canunt oracula vatum.

Plura loquuturæ vocem dolor abstulit, illa
Nutauit cecidítque simul: sic imbre grauatum
Demittit caput in terram frondésque papauer
Somniferas. Ales tandem Cyllenius atro
Suscitat à somno, spinosas demere curas
His verbis cupiens. Quid surdas quæstibus auras
Concutis? ardenti stellatus sydere fulget
Turnebus, sumítque suis super aëra, labris
Nectar & Ambrosiam, illi nam, Troiane, ministras
(Hoc ita diis visum est) venerandi pocula Bacchi.
Parce piis lachrymis, flauo nunc parce capillo,
Sat rubuere genæ, sat sunt tua pectora palmis
Tacta, satis tepido maduerunt lumina fletu.
Dixerat hæc, cum voce abiit, cum voce soporem
Abstulit, & versus laxatis lusimus horis,
Quos bone cum lachrymis tumulo, Turnebe, feremus.

Ad lectorem.

Miraris forsan claudis elegeïa cur non
Adfuerit pedibus, cum sit magis apta Pheretro,
Lector, at heroum volui celebrare cupressum
Versibus herois, erat hoc nam carmine dignus.

De Turnebi obitu Carmen Phaleucium.

Dum Phœbus rutilo comatus igne
Vitales rapuit tonantis auras
Turnebi, rutilo comatus igne

Turnebus rapuit iubar deorum,
Famâ, grandiloquis libris, & igne
Quo lucet bonus ora per virorum.

Apostrophe ad Turnebum.

Dum libris, Turnebe tuis quibus æthera tangis,
Æthera (proh) nostris inuidiosa bonis,
Victrici lauro cinxisti tempora Phœbus
Ante diem mœstas detulit exequias.

Ad eundem Distichon.

Gloria, scripta, decus, lucens, miranda, sonorum,
Vincit, habent, recreat, sydera, rara, viros.
Post Tristia fata.

*

SONET SVR LE TRESPAS lamentable d'Adrian Turnebe.

Quand le doré Soleil grand miracle du monde
Plonge au sein de la mer ses soufle-feus cheuaux,
Baignant ches Ocean le gris pere des eaux
Ses tortis ondoyants, & sa perruque blonde.
La terre s'anniuctit, & l'asle vagobonde
De la frayeuse nuict obscurcit les pinceaux,
Dont nature pourtraict au printans ses tableaux,
L'air est tout attristé d'vne tenebreuse onde.
Ainsi Turnebe mort (qui Soleil de la France
Auoit chassé de nous les nuës d'ignorance)

Nous ne voyons (helas) rayonner les neuf seurs
La terre s'annuictit de tenebres nouuelles,
L'air est tout attristé, l'ignorance a des esles,
Et nous auons tousiours aux paupieres des pleurs.

APOSTROPHE
A Adrian Turnebe defunct.

Ta gloire, tes escris, ton renom, & ta vie,
Luisante, merueilleux, resonnant, & sans tache,
Ont clairé, estonné, bruict, fræné d'vne attache,
Les tenebres, les Rois, les hommes, & l'enuie.

ODELETTE SVR LE MESME.

Comme la Rose Cyprine
Rouge fille du matin,
Laisse sa robe pourprine
Sur le bigarré iardin,
Quand Phebus de sa tempeste
Darde le chault sur sa teste:
Ainsi vn mal dépité
A faict entrer en la biere
Turnebe, seulle lumiere
De nostre Vniuersité.

FIN.

Soins ne voyons [illegible] rayons [illegible]
La terre [illegible] de ces [illegible]
[illegible] est tout [illegible] l'ignorance des [illegible]
[illegible] mort [illegible] aux [illegible] des [illegible]

APOSTROPHE
A Adrian Turnebe defunct.

Ta gloire, [illegible] renom [illegible]
[illegible]
[illegible] d'une [illegible]
[illegible] les [illegible] & [illegible]

ODE [illegible] SUR LE MESME.

Comme la Rose Cyprine
Rouge fille du matin,
Laisse sa robe pourprine
Sur le bigarré iardin,
Quand Phebus de sa tempeste
Darde le chault sur sa teste:
Ainsi vn mal dépité
A faict entrer en la biere
Turnebe, seulle lumiere
De nostre Vniuersité.

FIN.

Y iij

Complainte ſur ceus qui ſe ſont efforcez de violer la bonne renommee D'ADRIAN TVRNEBE LECTEVR TRESCELEBRE du Roy, nagueres decedé

Par Francoys le Picard de Caux

A monſeigneur Viole Eueſque de Paris.

A PARIS,

De l'Imprimerie de Thomas Richard, à la Bible d'or, deuant le College de Reims.

1565.

A monsieur Viole Euesque de Paris

sonnet.

CE mauuais bruit, monsieur, bestе plus detestable
Que n'est dans la maison de Pluton tenebreus,
Cerbere' aiant trois frons, ou ce monstre hideus
Qui au lac Lerneen est a tous execrable,

A contre Turnebus son venin dommageable
Desgorgé, sans auoir vostre honneur precieus
Espargné, qui luisoit en cest homme trop mieus
Qu'en autre, qui ait bruit par estude honorable.

Mais le membre plus sain de l'Vniuersité
De paris cheminant soubz vostre saintété,
Reçoit par ce faus bruit vne plaie mortelle:

Car on a veu Turnebe' auecques nous viuant
Estre de ses aieus les bonnes meurs suiuant,
Faut il point de lui mort soutenir la querelle?

Complainte ſur ceus qui ſe ſont efforcez de violer la bonne renommee

D'ADRIAN TVRNEBE

LECTEVR TRESCELEBRE

du Roy, nagueres decedé

Par Francoys le Picard de Caux

A monſeigneur Viole Eueſque de Paris.

Ce n'eſt pas de ce iour que de nous tu te ioues
Deſtin pernicieux, & toy plus q; tes roues
Legere en mouuemẽt, Fortune qui touſiours
Aux bons procures mal, & aux mauuais ſecours:
Tu nous rauis touſiours, ce qui nous eſt plus rare,
Et fault que le plus ſaige en tes lacqs ſe prepare
Cheoir ſans auoir regret. Ainſi celui la meſme
Qui ſans mal redoutoit de Iuppiter ſupreme
La foudre qui en lair va les nues froiſſant,
Se ſent incontinent, ſans y eſtre penſant,
Cruellement frappé, ſes os ſans ſa charnure
Voit de feu tranſpercés: las! quel mal il endure,
Voire iuſque a la mort, & toutefoys il prend
Son mal en patience, & conſtant il ſe rend:
Noſtre Turnebe auſſi, eſtant en ceſte vie,
A ſon affection par prudence aſſouuie.
Voire ſi proprement, que tout ſon cœur eſtoit

En la belle Pallas, laquelle il reputoit
Digne de son amour, car il voioit d'icelle
Les yeus vers & plaisans, puis souuent auec elle
En armes se mettoit, puis sur teste portant
Vn poisant morion, s'en alloit combatant,
Puis inuitant Pallas prenoit en main sa hache
La menant au combat sans cesse, & sans relache.
Mais las ! combien estoit ce combat furieus?
Remplissoit il de sang toutes places & lieus?
Non, non! mais tout ainsi que cil qui de s'amie
Reçoit contentement, bien souuent par furie
De ses durettes dentz luy faict aus leures marque,
Puis comme desuoié, en propos se rembarque
Faisant voille a l'amour, qui par contention
En haine simulé prend augmentation
Nostre Turnebe fort comme vn autre Hercule
En tel combat Pallas qui iamais ne recule
Incitoit viuement : dont ie vy sans mentir
Long tems de ses assaus Pallas se ressentir,
Disant dedans son cœur ces choses, ce me semble.
Ie suis hors de mon sens, ou Turnebe resemble
Estre vn autre Apollon, enuoié du haut dieu
Qui contre mes effors tienne son pristin lieu.
Peut il estre quelcun soubz la machine ronde
Qui soit a moy pareil en science profonde?
Ceste chose me trouble, & suis en grand souci,
Ne scachant que penser bonnement de ceci.
Cest homme ici ne craint ni combat ni menace,
Il ne redoute point quelque effors que ie face:

Homere faignãt pallas auoir les yeux vers, l'appelloit γλαυκῶπις

Soit que iaille portant la hache, entre mes mains,
Qui a donné tremeur a plusieurs des humains:
Ou bien soit que l'armet ie mette sur ma teste,
Il s'efforce tousiours de me donner mon reste.
Que veut dire cela? il semble bonnement,
Que les Dieus me voudroint donner empeschement.
Est-ce vous Mnemosyne, ou vous filles sacrees,
Qui estes contre moy en voz fureurs entrees?
Auez vous engendré celui qui les ruisseaus
Du sacré Helicon a force & plains vaisseaus
Respande contre moy? & vous des haus Dieus pere
Voulez vous vostre fille endurer vitupere?
Lors abaisser les yeus Minerue commença:
Ie fus bien fort esmeu repetant comme ença
Ses complaintes faisoit, ie me aproche un peu d'elle
La voulant consoler, mais sa mesme querelle
Recommençoit sans fin, quand elle m'apperceut
Disant quelque propos, plus de ioye receut,
Puis ie lui commencai enbref deuis deduire
Que celui qu'el' craignoit ne lui pourroit plus nuire.
Ce mot lui fut plaisant, puis d'un propos diuers
Quand elle sceut de moy, que le destin peruers,
Et la Parque cruelle aus humains ennemie,
A ce grand personnage auoit raui la vie:
Beaucoup plus de douleur en son cœur a conceu,
Que de plaisir n'auoit premierement receu.
Las! qui seroit celui, qui diroit les complaintes
Que faisoit lors Pallas de parolles non faintes?
Vous eussiez ouy sur Helicon hautain

Les Poetes disent que Pallas fut engendree du cerueau de Iupiter.

Les cris, les vois les pleurs, sonner d'un bruit certain
Plus vous esſiez veu, comme d'une mer pleine,
Des larmes de Pallas sortir viue fontaine.
Ie reprens mon chemin, & laisse la Pallas.
Las! bon Dieu, ie m'ſcrie, eſt ce choſe louable,
A vn chacun de nous n'eſtre point lamentable
De Turnebe la mort, dont les dieus meſmement
Sont de douleur eſpris, & receuent tourment?
Ou eſt l'humanité, & la condoleance
Que les hommes ont ptins en premiere alliance?
Abaiſſons donc vn peu ce poëtic parler,
Et rabatons auſsi ce faus bruit qui par lair
Court trop legerement, bleſſant la bonne fame
Du docte & bon Turnebe en la rendant infame.
Qui eſt ceſt impudent, ce fol audacieus
Qui voudroit volontiers iuſque au plus haut des cieus
Recercher les ſecretz de Dieu, & ſa puiſſance
Reſtraindre a ſon vouloir? qui ſans vray congnoiſſance
De ce mort Turnebus oſe bien maintenir
Que ceſtoit vn mechant, & qui le faut tenir
Au nombre des damnés. Et toy plain de menſonges
Qui pour la verité nous racontes des ſonges,
Vanteur, ambitieus, qui pour religion
Semes fauſes erreurs par toute region.
Es tu tant impudent, q'aſſeurer tu nous oſes
Que ce pauure Turnebe aye creu autres choſes
Eſtant au lict de mort, que ce que creu auoit
Inuiolablement quand auec nous viuoit?
Veus tu iuger d'autrui, outre ce que commande

Nostre Dieu tout puissant ? Viença ie te demande,
Es tu bien asseuré de son bien ou forfaict,
Scais tu bien comme dieu auecques lui a faict?
Scais tu bien quelle foy au dernier Periode
Il retenoit encor, pour a soy plus commode?
Celui qui en ce monde a vescu saintement,
Peut il finir ses iours plus malheureusement?
Des fruictz on iuge l'arbre, & les hommes des œuures.
Turnebe a il iamais viuant ouuert les leuures
Pour mal dire a aucun, ou pour blasphemer Dieu?
N'a il pas este vray catholique en tout lieu?
Receuant Sacremens, hantant la Messe sainte,
En l'Eglise croiant de volonté non faincte?
Est ce de ses labeurs & l'honneur & le fruit
Quil aye apres sa mort aquis vn mauuais bruit?
Las il ne fut iamais que malheureuse enuie
N'ait menacé des grans ou la mort, ou la vie.
Mais gardons nous plustost de iuger fausement,
Car tel que nous ferons, tel aurons iugement.
Turnebé auoit vescu sans note d'infamie,
Auroit il esté autre en sa mort qu'en sa vie?
Cessez donques cessez de mal parler de luy.
Dittes qu'il est heureux, & hors de tout ennui:
Desirez lui tout bien : dites en toute place
Que vif & mort des bons il a suiui la trace.

FIN

Odelette.

A Francois le picard auteur
Par N. Durand.

LEs neuf filles que conceut
La princeſſe d'Eleuthere,
Des baiſers qu'elle receut
Du grand Iuppiter leur pere,
Tu ſuys du'ne ardente enuie,
Et pour guides tu maintiens
Ayant deſtiné ta vie,
Aulx doulx acors Deliens
Toy qui ia d'un treſhault ſtile
As plore la mort des Roys,
Deſcrit de ta main habile
De France les deſarroys,
Et qui appelles Lucine
Pour bien toſt nous enfanter
Dyatone non indigne
Pour ton los & nom vanter.
Au iourdhuy l as! tu deplore
Celuy qui ſans contredictz
Toute noſtre aâge redore
Par vie ſaincte, & eſcritz.

CL MONSELLI Caſtrouillanenſis de Adr. Torn. manibus Somnium.

PARISIIS,

Ex Typographia Dionyſij à prato, via Amygdalina, ad Veritatis inſigne.

1565.

Ad beneuolum Lectorem.

Endymioneum ſic ergo dormio ſomnum?
Sic in tornebio funere fungus ero?
Men' decet in tantis hominum muſſare querelis?
Tot cantent alij carmina? mutus ego?
Tornebus orpheis ſuperas reuocetur in auras
Carminibus? mea ſic muſa iacebit iners?

Complaincte funebre ſur le triſte decés d'Adrian TVRNEBE PROFESSEVR du Roy en l'Vniuerſité de Paris.

CIL qui prend ſon repos ſoubz ce tombeau fatal:
Des ſciences, & arts fut profeſſeur Roial:
Qui monſtra les ſecrets de la Muſe Gregoiſe,
D'vn hault ſtile Latin, à noſtre gent Françoiſe.
Qui de l'Athenien Platon tant renommé,
Et du Stagyrien le ſage ſublimé
Les neuds torts, & tenants deſnoua: qui la bonde
De la fontaine ~~Grecque eut laſché~~ par le monde:
Qui auecq' grand proffit (choſe qui touts fort touche)
Delectoit l'auditeur dependant de ſa bouche.

Soubs la vouſte des cieulx, ou le blanchar Eoë,
Ou Phlegon, ou Ethon, & le rouge Pyroë
Trainent le chariot de Phœbus ſplendiſſant:
Des Mnemoſides nul eſtoit mieux deuiſant.
De touts arts liberaux il auoit la notice:
Comme en vne Cité il fault mettre police:
Comme regir conuient capitaines, ſoldats,
Bref vn peuple inconſtant de touts arts, & eſtats
Il ſçauoit le moyen: & pour vne famille
Gouuerner ſans exces auoit preceptes mille.

A

Du prudent Xenophon, du grand Academicque,
Et d'Aristote expert auoit l'œconomicque,
L'art politicque aussi: pour le tout abbreger
Il sçauoit comme il fault vne Cité renger
En temps de guerre, & paix: & comme vne maison
Le prudent doibt pouruoir en chacune saison.
Ainsi que du cheual Dardanien issirent
Grans Princes, & seigneurs: lesquels Troie abbatirent:
De c'est-homme sçauant gens doctes sont issus,
Qui aiants leurs esprits de ses leçons paissus
Gouuernent ce iourd'hui grands Villes & Prouinces:
Au grand soulagement du Roi, & de nos Princes.
Les Monarques puissants, les Magistrats publicques
Lisent en ses escrits les debuoirs politicques.
Les chefs d'armes hardis congnoissent par ses Muses
Les hostiles complots, les finesses, & ruses.
Messieurs les longs vestus d'escarlate sanglante
Ont appris que la loy n'est iamais resemblante
A l'araigne pendante: & qu'vn Magistrat doibt
Garder les saincles loix, & rendre à touts le droict.
Bref par son escrit sçait l'incertain populaire,
Que n'est en la Cité prisé le temeraire.
Par ses doctes escrits, & aduertissements
Nous auons des auteurs les meurs enseignements.
Du Roiaume François les Seigneurs Magnanimes,
Les sages Magistrats, & les trouppes infimes
Ont eu bien, & plaisir. O pleut à l'immortel,
Qu'encor dure Atropos n'eut atteint ce mortel.
Le Flament, l'Espagnol, le Germain, l'Escossois,

L'Anglois, l'Italien, außi le Piedmontois:
Touts les peuples loingtains du Roiaume Gallicque
Encor à leur profit, & de leur Republicque
Apprendroient combien vault la science, & vertu:
De laquelle est decent que l'esprit soit vestu.
Vous qui l'art ensuiuez de la docte Minerue
Faictes vuider d'ici l'ignorante Caterue.
Anatematizez les hommes mesdisants:
Lesquels contre les morts descochent dards piquants.
Laissons prendre repos à ce laborieux,
Qui ores est receu à la table des dieux.
O prudents Magistrats, & Iuges equitables
La rage refrenez des hommes exectables:
Qui ingrats des biensfaicts, d'une dent Theonine
Vueillent ronger le fil de Minerue benigne.
Mais ne l'ordre des ans, lequel est innombrable:
Ne la fuite des ans, qui est irrecouurable:
Ne le feu foudroiant, ne gresle, & eau flottante:
Ne les vents frissonnants de la bise bruiante
Pourront desraciner, abbatre, & diuertir
Ce que l'Immortel veult par Minerue bastir.
Parquoy filz de Phœbus, celestes genitures
Decorez ce tombeau de doctes escritures.
Lors vous decorerez cellui, qui a monstré
Ce qu'Homere diuin a par vers celebré,
Voire tous les auteurs de la gent Argolicque,
Voire tous les auteurs de la terre Italicque.
Lors vous decorerez Turnebe, qui doibt plaire
Aux Princes gouuerneurs, aux Iuges, & vulgaire.

Partage des biens de

TVRNEBE.

Les cieulx, Paris, le monde ont diuisé entre eulx
Ce que Turnebe auoit en la machine ronde.
Les cieulx ont eu l'esprit, Paris le corps, le monde
A le Nom, qui encor s'estend iusques aux cieux.

Sans la mort nul bienheureux.

Roys, Princes, Magistrats, Iuges, Marchands, vulgaire
Ne saroient auoir bien eternel sans la mort.
Toy qui Turnebe plains, tu le plains à grand tort:
Car par la mort il est au celeste repaire.

Le corps estainct, vit l'ame vertueuse.

CLAVDII MONSELLI
Castrouillanensis
de Adr. Tornebi manibus Somnium.

NOX erat, & somnus tristeis religarat ocellos:
Tornebios manes cernere visus eram:
Visus eram haud alium quàm quando vita manebat,
Talia confuso fundere verba sono:
Hem Monselle vides nobis quæ carmina functis
Ponantur, sermo quis comes exequiis.
Permultis equidem Palinurus dictitor alter:
Me censent alij numinis esse loco.
Hic hoc, ille illo me ponit in ordine, sicut
Somniat: at vitam nescit vterque meam.
Secum testudo vitam quæ degit, & ædeis
Seruat, & ostendit se semel ipsa die:
Mortua cur variis discerpitur vndique linguis,
Optatam requiem dum scrobe fessa capit?
O importunis volucres garritibus: illinc
Psittacus, hinc cornix autumat esse suam.

Credo, etiam vulpes sibi me iactabit amicum
Deberi, pietas vt sua clara siet.
Sic ego dilaceror, sic vulgi fabula fio,
Qui de nullius morte locutus eram.
At dormire sinant æterna pace sepultos
Nos viui, pariter quos sua fata manent.
Sat sit sub terræ corrodi viscere corpus,
Inque dei mentem iudicis esse manu.
Hæc simul ac stomacho deprompsit verba dolentis,
Auolat à nostro lumine: somnus abit.

COMPLAINCTE

SVR LA MORT
de treſdocte & tres-regrete perſonnage Adri-AN TVRNEBE LECTEVR DV ROY.

Par I. Guerſent. G.

A PARIS,

De l'Imprimerie de Thomas Richard, à la Bible d'or, deuant le College de Reims.

1565.

COMPLAINTE

Sur la mort de tresdocte & ET TRES-REGRETE PERSONNAGE ADRIAN TVRNEBE

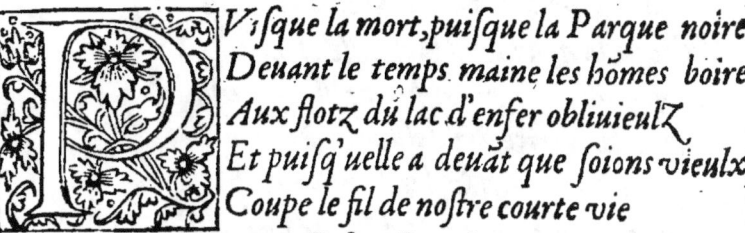

PVisque la mort, puisque la Parque noire
Deuant le temps maine les hõmes boire
Aux flotz du lac d'enfer oubliuieulz
Et puisq'uelle a deuãt que soions vieulx
Coupe le fil de nostre courte vie
Et qu'elle vng peu trop facheuse & hardie
Contre Turnebe a liuré son assault.
Pleure Helicon: Muse plaindre il te fault
Ce dur destin, car cliquettans les dens
L'estomach palle affamé par dedans
L'œil enfoncé & toute desolée
Parmi les bois iras escheuellée
Dessus le bort de Permesse ou d'Eurote
Tu ne pourras chanter aucune note.
Et vous Siluains, vous deesses des bois
Ne porteres a gauche le carquois:
Vous n'ereres par plaines & campaignes
La trompe au col, de diane compaignes.
Vous n'aures plus, o vierges de Taigette
Domasquines en la main la sagette
Vous naures plus les Molosses ches vous,
Ni les botines redoubles aulx genous
Puisque la mort demande l'arrerage

Qui luy eſt deu & qu'elle a faict partaige
Au grand Turnebe ſans pouuoir reſiſter
Vous ne pourrez Driades arreſter
En vos taillis : & ſelon la couſtume
Vous ne verres Oreades leſcume
Floter en leau & en larbri fourchu
Tu nauras pan le front du cerf branchu
Puiſque la mort trop facheuſe et cruelle
Du grand Turnebe eſmeut telle querelle.
Ia Apollon irrite & deſpit
En rompt ſon luth & ſans aucun reſpit
Remonte aulx cieulx & delaiſſe permeſſe
Ia les neuf ſeurs eſtant en telle oppreſſe
Laiſſent parnaſe & le cœur trop eſpris
Sans reuenir monte au diuin pourpris
Ia vng chacun en lamente & en pleure
Le iour mauldit & la treſmauldite heure
Qui de la mort a eſte meſſagiere.
Moy le premier a genoulx ſur ſa biere
Ie ſuis fichè & ce vers enſuiuant
Ie ſuis touſiours en ſa tumbe engrauant

Sonnet.

Le filz d'Alcmene pour auoir descoché
De son carquois contre sa deianire
Deulx dardz mortelz dont la sagette pire
Eust a la mort le Centaure bronché
Et sur ce sang Lerneen à touché
Vn lin mortel, par le quel il l'atire
A luy porter & quelle peust renuire
Donc dessus Oethe tout brulé est couché
Turnebe ainsi par les siennes estudes
Ayant dompte l'ingnorance trop rude
Par elles mesmes à acqueste la mort.
Dont Vrayement cest en toutes sciences
Vng vray Hercule, & ainsi que ie pence
La parque noire luy est trop rude a tort.

EPISTOLA QVAE VERE EXPONIT OBITVM ADRIANI TVRnebi Regij professoris.

ADIECTA SVNT NONNVLLA EPITAPHIA, in memoriam tanti viri ab amicis piis, iisdemq́; doctißimis conscripta.

PARISIIS,

M. D. LXV.

EPISTOLA QVAE VERE EXPONIT OBITVM ADRIANI TVR-nebi Regij pro-fessoris.

ADIECTA SVNT NONNVLLA EPITAPHIA in memoriam tanti viri ab amicis piis, iisdemq́ doctissimis conscripta.

PARISIIS,

M. D. LXV.

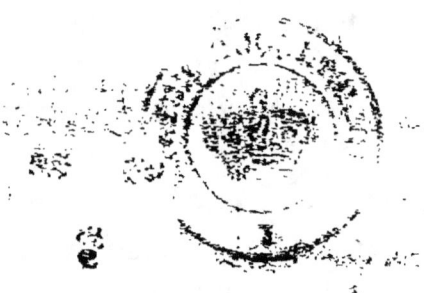

PHILARETVS CALANO, de Adriani Turnebi morte.

QVANTAM Respublica nostra, & præsertim literaria, morte Adriani Turnebi iacturam fecerit, etsi recẽti adhuc vulnere id satis intelligi non potest, tantum tamen eius interitus omnibus bonis & doctis dolorem attulisse videtur, vt ex eo animi mœrore, quem & voce & vultu ipsi præseferũt, facilè quiuis & summa virtute & singulari doctrina virum, Reipublicæ Academiæque nostræ, alienissimo tẽpore fuisse ereptum sentiat. Nam qua is & eruditione & doctrina fuerit, nihil attinet hoc loco cómemorare, cũ & paucos, mea quidem sententia, pares: & nullos, vt ego arbitror, ætate nostra superiores habuerit: is verò ita sanctè ac religiose semper vixerit, vt illius aliquãdo similes vt simus, optare debeamus. Sed cùm in omni vita id semper illi propositũ fuit, vt Deũ Opt. Max. quàm religiosissimè coleret, tũ verò in ipsa vitæ clausula, quid de religione sentiret, testatum reliquit. Nam quinto antè die, quàm è vita discederet, cùm ab amicis, quibuscũ persæpe aliàs & liberiùs & familiariùs de religione disseruisset, officij amicitięque caussa viseretur, atq; illi tum, ecquid in tanta opinionũ de Religione dissensione sentiret, rogarent: is Pontificias in totũ ceremonias se aspernari, atque respuere: Prophetarum verò &

Christi, atque Apostolorũ doctrinam, toto animo atque pectore amplecti, tanta alacritate atque constantia est professus, vt qua is Deum religione coleret, facilè intelligi perspicíque posset. Cúmque iidẽ illi, vt erant docti & eruditi, quàm vtraq; & Pontificia & Christiana doctrina à se inuicem distaret, vel hoc vno ostẽdi posse docerẽt, quòd Pontificij Christum quotidie pro viuorum ac mortuorum peccatis offerri dicerent, cùm Christus vnica sui corporis oblatione, eorum omnia qui sunt, quíque fuerunt ac futuri sunt, peccata expiarit, tũ verò ille hoc orationis genere ità est animo commotus, vt quanquã diuturniore morbo deiectis prostratísq; viribus esse videretur, derepente tamen exilierit, porrectísque brachiis, ac manibus in cœlũ sublatis (vt voce, credo, & ipso corporis motu atq; gestu, quid de eo sentiret testaretur) responderit, se ab hac omnino sententia abhorrere, totámque istam Pontificiam doctrinam auersari, cùm eam & vnam, & veram religionem esse crederet, quã & Prophetæ, & Christus atq; Apostoli docuissent. Is erat & lõgo & grauiore morbo ita attritus, vt spirantis mortui imaginẽ esse diceres, ægréq; & loqui & spirare videretur. Ab his itaque qui tum aderat & amicis & familiaribus rogatus, placerétne, vti eius fidei, quam ipse profiteretur, publicè confessio ederetur (sine me quæso Calane, castrẽsibus vti verbis) Symbolúmque Apostolicum recitaretur (nam is paulo antè in sermone & colloquio familiari Apostolico se, & Nicæno atq;

Athana-

Athanasino credere erat professus) id sibi valde placere gratissimúmque fore ostendit. Recitatum itaque est, ac pro eius salute atq; incolumitate vernacula lingua Deo supplicatum, votáq; facta. Tum is ad amicos respiciens, in ea se de Deo, & religione Christiana mori velle confessione, quam & illi suo nomine edidissent, & ipse professus esset, pronunciauit. hoc tamen vno valde se angi atque cruciari, quòd vereretur ne mortuo vxor (patrio more) funus curaret. Illi verò id esse eiusmodi, quod se vereri diceret, demonstrarunt, vt de eo minimè laborare deberet, cùm præsertim Animus, posteaquàm ex huius corporis vinculis euolasset, terrenis minimè immoraretur. Insequenti die iidem illi, ne officio deesse viderentur, ad eum redeunt. Cupiebant enim omnem animi eius curam, & molestiam suo sermone atque consilio leuare. Cùm itaque eũ diligẽter essent cohortati, vt in sua de religione sententia perseueraret, atque id se facturum annuisset (ingrauescebat enim indies morbus, vt vix quę animo conciperet, satis eloqui posset) ecquæ (inquiunt) Turnebe, nũc te coquit, & versat sub pectore cura? Hesterno enim die vehementiùs nobis commoueri videbare, quòd vereri te diceres, ne tibi funus mortuo curaretur, cùm tu quid velis & cupias, tuis edicere atque præscribere posfis Tum vxorem ita est affatus: Quam mihi (inquit) charissima coniunx omnibus in rebus semper morigera fueris, & hi sciunt, qui nos norunt, & ipse mihi sum cõscius atque optimus testis, speróq; fore, vt cui viuo semper ſis obſequuta, eidem etiam vita functo pareas. Hæc igitur ſuprema apud te noſtra fuerit volũtas, vt nullo mihi, poſteaquã ex hoc corpore anima emigrarit, neq; ſumptu, neq; funebri pompa parentes. Quo orationis genere, quid ille ſpectarit, obſcurũ eſſe nõ poteſt, cum nulli, quandiu decubuit, neq; ſacerdoti, neq; monacho, vt ad ſe aditus pateret, voluerit. Ab amicis eo die, atq; inſequentibus etiã diebus ſæpius rogatus, meminiſſétne Chriſti ſe iuſtitia, quæ illius eſſet, ſi crederet, ſaluum futurum? Se verò & meminiſſe, & credere, nihilq; aliud & dies & noctes cogitare reſpondit, itáque vir & plurimis & grauiſsimis artibus, atque virtutibus ornatus & inſtructus, dum vitæ clauſulã imponeret, eſt loquutus, vt eius oratio præclarè anteactæ vitæ ſemper reſpõdiſſe videatur.

Vixit annos LIII. diem verò ſuum obiit ſub horam VII. matutinam pridie Idus Iunias, Anno Domini CIↃ IↃ LXV. relicta vxore grauida, & V. liberis ſuperſtitibus. Cuius corpus quo die mortuus eſt, paucis amicis illud deducentibus, nulláque funebri pompa humo eſt mandatũ hora nona veſpera, in Scholaſticorum cœmeterio, vbi ſepulturæ locum delegerat, quo etiam loco præſtanti doctrina medicus Iacob. Syluius paucis antè annis ſepeliri voluerat. Faxit Dominus vt Sol iuſtitiæ Chriſtus, qui Turnebo morienti illuxit, nobis ſit in vita & in morte lumen ampliſsimum, donec tandem in regnum cœleſte colligamur.

Vale. Lutetiæ. Id. Iunij.

Poſita

POsita sunt compitatim, per dies complureis ab eius morte, sexcenta carmina & epitaphia, variis linguis, ad tanti viri memoriam posteritati commẽdandam, vnde quàm charus omnibus fuerit, satis apparet. Insigniora quæ hinc indè è tanta turba excerpere licuit, huc retulimus.

IN ADRIANI TVRNEBI mortem, Io. Merceri collegæ trilingue epitaphium.

עָנָו מִכָּל־אָדָם חָיָה גַּם בְּדָבָר אִישׁ לֹא־הוֹנָה:
גַּם בְּמַעֲשֶׂה אִישׁ לֹא־עָשַׁק וּבְמוֹתוֹ הֶחֱזִיק בֶּאֱמוּנָה:
הִשְׁלִיךְ אֶל־אֵל חַי בִּטְחוֹנוֹ לֵאלֹהֵי שֶׁקֶר לֹא־פָנָה:
הִנֵּה אַשְׁרָיו עַתָּה עוֹמֵד בֵּין מַלְאָכִים עִם־הַשְּׁכִינָה:
זצל.

Ὧ. τὶν ἀμέμπτως βίοτος καὶ μοῖρα διήχθη,
Ἆρ' οὐκ ἀτρεκέως ὄλβιός ἐστιν ἀεί;
Ὅστις ἀκίβδηλον θρησκείας ἀτραπὸν οἶδεν
Πρὶν θανάτου, Χριστῷ μουνῷ ἐρειδόμενος,
Τούρνεβος ἔν τε λόγοις ἡγήτωρ ἔξοχος ἀνδρῶν,
Ἤθεα δὲ χρηστός, πάγχυ τε μειλίχιος.

Doctrina insignis, nulli pietate secundus,
Mortem laudato fine beatus obit
Turnebus, cunctis morum dulcedine gratus,
Inuisus nulli, cætera felle carens.

Desine Turnebi fatum, studiosa iuuentus,
Plangere: iã Christo viuit, & haud moritur.

EXTREMA VERBA A.T. animam suam Deo per Christum commendantis.

Diuino afflatus Turnebus numine mentem
Orans ex animo, dum moreretur ait:
Sum caro, tu deus es. Pater optime parcito carni
Per Christum, nobis qui caro factus obit.
Dein charam vxorem prędens, natósq; gementes
Hi tibi fac viuant, Christe, tibi vt moriar.
Postremò vxori, natísque, & mandat amicis,
Quo fastu natus me sepelite mei.
Venimus in lucem hanc fastu sine, sic sine fastu
Ad veram lucem quemq́; redire decet:
Hunc cinerem cineri mandate. At credite mentẽ
Gen.3. Eccl.12. *Ad patrem lucis, qui dedit ire Deum.*

Aliud.

Supremum hoc etiam multorum munus habebis
Turnebe, atq; vtinã multorũ hæc nænia crescat:
At mihi dum vitæ superauerit vlla potestas
Pectore in hoc, nomenq́; tuum laudésq; vigebunt.
Tu mihi viuus eris: Tu quo velut ante fruebar

Dimidio,

Dimidio, nunc morte ipsa mihi viuere totus
Incipis, atque animo meliùs spirare recenti,
Dum Christum valido conceptū pectore promis,
Tandem Romanas ausus contemnere laruas,
Atq; in præcipiti cælum adspectare. Bonum sit:
Nescio quid certè est: sed ni me conscia fallit
Mens mea, qui multos doctrina atq; arte iuuabas
Dum viuis, nunc morte etiā plus proderis ipsa.

ADRIANI TVRNEBI EPITAPHIVM.

Turnebus iacet hîc. Quis sit, si quærere pergis,
Iam dignus es qui nescias.

DE MORTE TVRNEBI QVÆ ACCIDIT XII. die Iunij.

Quid hoc mali est? quid ira nunciat Deûm?
Hei: Phœbus ipso penè solstitio occidit,
Lugete Musæ, lugeat Helicon ducem.
At, ô Camœnæ, nil potest Phœbus pati:
Labor est sororis, ipse nunquam deficit,
Sed noster oculus sæpe deliquio labat.

P.T.P.

B

ADRIANI TVRNEBI tumulus.

Quòd nuper caſtas percuſſit ſiderè lauros,
Supplicis & nati Deus aſpernatus amores,
Quòd vaſtæ cladi ſacra nulla ſuperfuit arbor,
Non fruſtra fuit iſta lues, tacitúſque ridebam,
Hæc infauſta viris Phœbi portenta minari.
Euentus noſtræ, en, ſequitur præſagia mentis,
Te, Turnebe pater, nimirũ ea monſtra petebant,
Dum lentus, medicaq́; ſedes inglorius arte,
Nec rumpis fata auguriis herbiſue tuorum
Phœbe. decus quãtum Muſarum ſacra caterua,
Præſidiũ Auſonia, & quãtũ amiſiſtis Athenæ.
Ilicet, hinc vel agris turbatur, & vrbe relicta
Delius, inualido & pudefactus numine inani
Mandauit foliis iterata vocabula luctus,
Pluraq́;, quã pridẽ, inſcripſit monumenta doloris,
Flóſq; Dei lugubre rubẽs lachrymatur in hortis.
At fruitor lauro fœlix Turnebe perenni,
Secura noſtriq́; Iouis, noſtræq́; procellæ:
Elyſio in frondoſo expectatóque potiti
Te dudum caſti vates Muſæus, Homerus,
Orpheus certatim, noſtro mœrore, fruuntor.

Ἀμφὶ τεὸν, Τόρνηβε, τάφον κατὰ θερμὰ θέαιναι
Δάκρυα, καὶ πλοκάμους μίσδα χέοισι θεοί.
Σιώδρομα καὶ μηδὲν θείοις εἴκεσιν ὀδυρμοῖς

πάμπαν

Πάμπαν ἀθυμούντων ἔθνεα πολλὰ βροτῶν.
Ἄγει μὲν ἀθανάτους, λαχέειν ὡς τέρμα γόοιο,
Τοῦ, θνητὸν κλῆρον, καὶ ποθέειν θάνατον,
Θνητοὺς δ᾽ ἀθάνατον τιμὴν εὔχεσθαι, ἑαυτοῖς
Ζῆν ἑτερήμερον ὡς τὸν θανέοντα φίλον.
Οὐκ ἀποφώλιον ἐστι γέρας, τειπόθατε, καμόντων
Τῆς ἀρετῆς, πάντων αὐτὸς ὄναιο πόθου,
Οὖλέ τε καὶ μέγα χαῖρε θεῶν φιλότητι καὶ ἀνδρῶν,
Τόρνηβ᾽, ἀκλαύστου μήτε τάφοιο τυχών.

Χοαὶ Ἀδριανῷ Τορνήβῳ ἀποκαρτερήσαντος Οὐάλ.

IN ADRIANI TVRNEBI
TVMVLVM.

Vnica doctorum Turnebus gloria secli,
Et flos Aonij dux, columénque chori:
Sic est vxorem, sic est affatus amicos,
Vltima dum vitæ fata propinqua videt:
Si terræ cogor terrenum reddere corpus,
Libera mens sedes si volat ad superas:
Reddite corpus humo, nullas conducite voces,
Nec celebrem pompam, nec volo adesse faces.
Nã mihi dux Christus, Christus lux vera salutis:
Vnica spes summi, ianua summa Poli.
Syncera quem mente colo, fucatáque sacra
Quæ colui, prorsus nunc ego deuoueo.
Sanguine Christe tuo commissa piacula tolle,
Spiritus vt purus cælica regna petat.

ADRIANI TVRNEBI OBITVS.

Exultat Christi meritò mens libera curis
Labe carens, mortis nec metus vllus adest.
Et mea iam totũ spirant præcordia Christum:
Mors animi requies, quàm mihi sera venis?
Iam volo coniungi Christo, qui lumina vitæ
Occultata prius, clara videre dedit.
Turba sacerdotum procul hinc inuisa recede:
Nil fax, nil cantus, nil tua fata iuuant.
Ritibus insanis nostrum ne pollue corpus,
Nil prosunt tales funeris exequiæ.
Æthereas vnus Christus me ducet ad ædes,
Et mentis maculas abluet ille meæ.
Christe adsis summi soboles æterna parentis.
Talia Turnebus dum moreretur ait.

DE EODEM.

Accidit hoc mirum, quòd vir doctißimus inter
Eximiè doctos, doctrinam, & relligionem
Iunxerit inter se Turnebus, quod tamen istis
Ridiculum esse solet, qui nulla exempla diserti
Atq; pij esse putãt: sed sic amplexus vtrumq; est,
Vt vitæ & mortis Turnebus formula nunc sit.

Turnebi

TVRNEBI TVMVLVS.

Ingens exigua Turnebus conditur vrna,
Aëre quem totum Gallia tota capit.

Aliud.

Turnebi in patriam pietas, sacrósque Penates,
Quum bene vixisset, cognita morte fuit.
Ergò eius famam quisquis violauerit, illi
Nec patria est curæ, nec pietatis amor.

IN OBITVM VIRI SINGVLARIS D. ADRIANI Turnebi Elegia.

Sic tibi Parca, frequens res sit cũ vilibus vmbris,
Sic cadat in ferrum Mors numerosa tuum.
Quæ tua sæuitia est, doctis caput artibus auctum
Turnebi immites dedere ad inferias?
Turnebi, cuius subnixum præpete penna
Nomen hiat rubris cõcolor hospes aquis.
Cuius & in famam victricibus Itala tellus
Vocibus insurgit Gallia docta tibi:
Séque negat tanti sub laudes ire minorem
Nominis. Hæc virtus præmia sola capit.
Quæ nisi quanta viget Turnebi in pectore sedit,
Sidit in Aurati pectore tota mei.
Hos posse indomitis ætatibus exigere æuum
Est adeò insanæ credulitatis opus.

Fata vetant, Turnebe tamen te viuere verũ est,
Scriptaq́ sunt famæ posthuma regna tuæ.
Felices animæ quæ post mortalia secla
Viuere concipiunt, viuere cùm nequeunt.
Atque vtinam plures, quos hæc habet ora, Diserti
Tramite Turnebum conueniente premant:
Cũq́ habeant, vitæ Mortẽ omnibus esse nouercã
Morte obita famæ stent sine labe suæ,
Atque aliquid viuax scriptã referatur in vrnã,
Sic iuuat & fati me quoque iura sequi.
Sic iuuat indocto finem statuisse dolori:
O pereat quisquis non ita cunque perit.
Paruus amicitiæ tecum mihi venerat vsus,
Paruus amicitiæ nec tamen vsus erat.
Te memini quiddam ingenio inuenisse sub isto,
Quod cuperes votis grandius ire tuis.
O ego ne tanto possem superesse dolori:
Quàm malim nulla carminis arte frui.
Et tamen hoc quantũ est peregrini munus amici,
Esse graue exopto docta Iuuenta tibi.
Siue aliquis sacris raptorũ est sensus in vmbris,
Hoc graue Turnebo sic quoque munus erit.

Lucas Fruterius Brugensis, virtutis
& disciplinæ ergô.

IN MORTEM ADRIANI TVRNEBI.

Heu quænam, Icariis Libitina ferocior vndis,
Sæuitia est, tanto nos spoliasse viro?
Turnebe te raptum nostra hæc Academia plorat,
Totáque flet damno Gallia mœsta suo.
Plorat & Hispanus, plorat Germanus & Anglus,
Italaq́; ereptũ te sibi Musa gemit.
Mutescitque suo iam te schola Regia Phœbo
Orba, & ad inferias stat laniata tuas.
Sed quid flere iuuat, quid ita indulgere dolori?
Vos lacrymis finem ponite Pierides.
Quem rapuit Deus, à tumulo reuocare nefas est.
Nil planctus, lacrymæ, vota, precésque mouẽt.
Pectore quin toto superis age Gallia grates,
Quòd fueris tantum gignere digna virum.
Cuius vt innocua illustrauit laudibus amplis
Vita tuum nomen: mors ita clara fuit.
Christo animã moriẽs Christũq́; fidémq; professus
Reddidit, à solo pendulus ipse Deo.
Nec celebrem luctus pompam curauit, & vrnæ,
Nec sacra, quæ magni vulgus inane facit.
Quippe iter hoc non est ad sidera tramite: Christo
Quisquis obit fidens, ille beatus obit.

N. Harlæus.

NOn defuerunt & qui communi famæ viri tãti obstrepentes, sed perpauci, vt virtuti semper comes fuit inuidia, ineptissimis versibus & epitaphiis se malè feriatos ostenderent: quibus & mox doctè à plerisq; respõsum est. Indigna illa sanè erant quæ ederentur: reclamante doctorum & bonorum virorũ omniũ cõsensu. Sed vt ineptias videres istorũ opilionum, ac ex aduerso quali probi oẽs in eũ sint animo, quod primum omnium aduersus eum propositum est, tantùm delegi, vnà cum respõsis omni ex parte eruditis & piis, quibus istorum & aliorum huius farinæ hominum audacia ac petulantia facilè retunditur.

AD ECCLESIAM POENITENTEM DE MORTE TURNEBI.

Visere Turnebus sine téque tuísque ministris
An Christum poterit Christicolásque viros?
Turba sacerdotum fuerat quæ visa fidelis,
Tempore mortis ei cur odiosa fuit?
Ingratus sonitus cur hoc ardénsq; lucerna
Efferri corpus te sine cur uoluit?
Cur sponsa Christi nihili tua sacra pependit,
Antea quæ dixit se coluisse diu?

Responsio. *Torticolæ cultor, non Christi verus amator:*
Et nomen præ se quod tulit ipse fuit.
Vertit ad extremum sese malè, & ordine verso,

Ante

Ante suos stultus misit aratra boues.
Credere si dignũ, gaudens hunc sponsa triũphans
Cernit, qui nihili meq; meósque facit.
Cornutæ pecudes Turnebũm vertere debent,
Qui voluit fine inuertere cuncta suo.
Antea permultum laudis virtute pararat,
Nomen perpetuum reddiderátque sibi.
Vertit ad extremũ cuncta, & sententia vera est,
Conueniunt rebus nomina sæpe suis.

Μοῖρα μεσαιπόλιον, πάντων δὲ σοφώτατον ἀνδρῶν,
Τούρνηβον, στυγερῷ, φεῦ, παρέθηκε τάφῳ.
Θρηνοῦσιν μοῦσαι ἴφθιμον, χάριτές τε παρειάς
Δρυπτόμεναι, τύμβῳ δακρυχέουσι βαρύ.
Πάτροκλον δ' ὡς Μυρμιδόνες κλαίουσιν ἑταῖροι·
Ὣς κλαίει λογίων, εὐσεβέων τε χορός.
Θερσίτης δὲ βρέμει μοῦνος. τῷ δ' ἕρκος ὀδόντων
Ῥήξει ὀδυνασθείς τις, σκήπτρου ὑπὸ χρυσέου.
Ἡδὺ δ' ὅτ' ἐκγελάσει χαίρων ἀγαθός τε καλός τε,
ψυχὴν Τουρνήβου δεξάμενός τε θεάς.

Ioan. San.

Aliud.

Τίπτε κακῶς σὺ λέγεις πασῶν κοσμήτορα τεχνῶν,
Τούρνηβον μουσῶν, καὶ στόμα τῶν χαρίτων.
Μαινομένην Κλωθώ σε ποιεῖ Λάχεσίς τε ποιητήν,
Η κακοδαίμονι τίς, ἢ διάνοια κακή.

IN QVENDAM TVRN. nominis inimicum.

Impie quid laceras Turnebi funera rapti,
Quis te malus vexat furor?
Si tibi consuluit scriptis dum viueret, illi
Debes referre gratiam:
Si malè (quod non est) vita migrauit in æuum,
Curare non est id tuum.

IN EVNDEM.

Quisquis Turnebum tam insulso carmine ridet,
Se fieri, haud illum, vult (puto) ridiculum.

ALIVD.

Dic mihi quid Manes Turnebi Zoile turbas,
Quem viuum haud ausis in faciẽ inspicere?
Quòd tibi non mortis ratio placet, improbe multũ
Falleris, ille tuis haud placuisse velit.
Hoc vno se agnoscit térque quatérque beatum,
Quòd potuit moriens displicuisse tuis.
Scilicet Arcadiæ pecus occinit, absque salute
Esse cui in Christo est vna reposta salus.
Funere sed iusto caruit. Prudénsque sciénsque
Funestum edoctus funus at esse tuum.

Aliud

ALIVD IN EVM QVI ETIAM amicis detraxerat, qui ei decumbenti & moribundo affuerant.

Ergon' nec viuo parcis cui fama celebris
Iam omnino isthanc eluit inuidiam?
Et cuius pietas & virtus notior orbi est,
Istis quàm vt spurcis conuitiis pateat:
Nec vita casso. at linguam frenare procacem
Ipsa hominis comitas debuit, ardelio:
Egregia & virtus, probitas, doctrina, modestus
Candor, & insignis virginéusque pudor:
Debuit & tanti vel publica functio, & ipsa
Fama viri impurum os hoc tibi supprimere.

In Zoilum S. M. Cleracius.

Quid strepis insulse, aut quid cornicaris inepte?
Et tua quid tandem vitrea bilis agit?
Turnebi interitum, mentis sanctósque recessus
Cur carbone atro dira libido notat?
Si moriens verè Christum cognouit, an istud
Te malè habet? Christus num tibi summa boni?
Curuus es in terras, & puræ mentis inanis,
Quem lemures nigri, quem phalerata mouent.
Disce precor quidnam victuri gignimur, & quẽ
Vita habeat finem, Quodue salutis iter.
Turnebi exemplo quæ sunt fucata repelle,
Et cole non ficta relligione Deum.

IN EOS QVI MALEDICIS & impiis versibus Adr. Turnebum virum clariss. notarunt.

Qui Christum viuens spirauit, cui moribundo
Semper in ore fuit, quî malus esse potest?
Tu potiùs malus es, cui virtus relligióque
Non placet, & nugæ sunt tua relligio:
Scilicet is malus est, qui Christi est dogma sequu-
Et vitã vixit, carpere quã nequeas. (tus,
Turba sacerdotum qualis sit, cùm bene nosset
Turnebus moriens iussit abesse domo.
Dicite, quid causæ cur vos accerseret, esset,
Vt fieret vestro grata rapina Deo?
Nouerat hoc meliùs quã vos, & vestra caterua:
Quî seruum Christi conueniat morier.
Vos igitur Christum vobis fingatis, & illum
Commentis vestris fictitiis colite:
Nec vos Turnebus, nec psegmata vestra mora-
Vt nec viuentem qui coluere pij. (tur,

IN ZOILVM.

Quis nouus hic vates stygiis elapsus ab vndis
Ausus Turnebi dilacerare decus?
Cuius in externis nomen venerabile terris,
Quémq; etiam meritò Gallicus orbis amat.
Tetrior inuidia es: liuor post fata quiescit,

Turnebi

Turnebi cineres impiè tu laceras?
Vade, age, non in te breuis est semuncia recti:
Sensu, iudicio, fronte, pudore cares.
Quas veteres auias seruas sub pectore, pelle,
Sorbeto & succos quos creat Anticyra.
Turnebi & Manes insulso radere versu
Desine, defunctum dilacerare nefas.

TVSS. BERCHETVS LINGONENSIS
in eos qui de funere Turnebi queruntur.

Cur ita Turnebo, vulgus deplorat ineptum
Præstita supremo funera nulla die?
Vana superstitio mentes excæcat, vt vmbras
Anteferat rebus, fictáque vera putet.
Cur tandem demens pastor petulantiùs vrget
Factũ hominis iustũ, iusta sepulchra negãs?
Hic cæcus cæcæ dux plebis turpiter errat,
Nec veri quidquam concipit, aut sequitur.
Quin auidus nimiùm prædæ, sitiénsque lucelli,
Nil animas curat, commoda sola petit.
Hinc illæ lachrymæ, minitãtia murmura, tristes
Hinc fremitus, questus, bilis acerba, dolor:
Scilicet is mœret, quòd nulla pecunia detur,
Funere Turnebum nec caruisse dolet.

EPITAPHE DE MONSIEVR TVRNEBE PRIS DV Grecq, Αμφὶ τεόν, &c.

Sonnet.

Turneb' entour ta tomb' & Deesses & Dieux,
Et maint homm' esperdu peslemesle lamẽtent,
Qui tous à crys & pleurs tãt pour toy se tourmentent,
Qu'en larmes se fõdãts s'arrachẽt les cheueux:
Et (signe de despit) tant se fachent entr'eux,
Que d'immortalité les Dieux se mescontentẽt,
Et pour finir leur dueil à mourir se presentent,
Tant leur est le destin de ta mort ennuyeux:
Et les hommes aussi ton decés tant regrettent,
Que tous prestz à mourir ce loz & bien soubhettent,
Que puisses, eux mourãtz, resortir du cercueil.
O bien heureux loyer de vertu et prouësse!
O bien heureux Turneb', à qui tant de caresse
Font & hõmes & Dieux par honorable dueil.

DISTICHON NVMERALE.

QVVM sol aestIVI LVstrat CanCrI IgneVs ortVs,
tVrnebVs eXhaVsto Corpore fraCtVs obIt.

Fr. Thorius Bellio.

DE OBITV PRAESTANTISSIMI VIRI ADRIANI TVRNEBI, Regij Græcæ Philosophiæ in Academia Parisiensi Professoris:

PROPEMPTICON:

AD HVBERTVM LANGVETVM.

Tristis Huberte tuus nobis discessus: at illum
Pensat amicitiæ cõstans fiducia nostræ,
Et reditus spes certa tui. quin, cætera sanus
Si bene rem geris, & cœptum feliciter vrges
Indefessus iter: propè iam tibi gaudeo, & vltrò
Gratulor absenti: qui nec miserabile nostræ
Supplicium labémq; scholæ, afflictámq; iuuentã,
Exanimósque duces videas: nec muta magistro
Pulpita prærepto, nec tristibus oblita chartis
Compita nobiscum lacrymanti lumine cernas.
Turnebus (hêu quibus hæc ingrata sodalibus amens
Nũcio? cui populo, quibus hãc procul effero cladẽ
Vrbibus?) Aoniæ columénque decúsque palæstræ
Turnebus, indomiti labefactus acumine morbi
Occidit, & longam subita spem morte fefellit.

Vix, puto, Fräciaca egressus ditione, propinquã
Atrebatum poteras tetigisse, vel Hannonis orã:
Quum miseranda dies, nigróque notanda lapillo
(Feruidus Herculei qua flammea brachia Căcri
Sol subit, & nostro iam proximus imminet orbi)
Protulit infamem ventura in secula lucem,
Quæ rapuit nobis, & funere mersit acerbo
Tam carũ Superis caput. hêu quibus ista querelis
Dãna? quibus lacrymis? quo tantũ carmine luctũ
Expediam? admittunt vulgaria funera questus,
Sufficiúntque malas rabida in conuicia voces:
Sed nimius lamenta dolor negat. hei mihi, quantũ
Gallia præsidium? quantũ Germania? quantum
Græcia solamen? quantum altera & altera perdit
Hesperia? antiquis quæ nox scriptoribus? & quæ
Ingeniis studiísque lues melioribus instat?
Scilicet ista tuis, infelix Gallia, pœnis,
Quæ tua tam sæuis lacerarũt membra flagellis,
Deerat adhuc summa: infensi & quæ Numinis iram
Leniat, hæc diræ restabat victima noxæ:
Victima, quã multis (sineret modò fata) redẽptã
Millibus, accisoq́ꝫ optes Rex Carole sceptro:
Vt te Memmiade, & taceã te magne Michaël,
Innumerósque alios, quorũ viget inclyta multis
Et virtus titulis, & sunt tibi Huberte vel vsu,
Obsequióue, vel illustri notißima fama

Nomina

Nomina. nec lõga vacat hîc te ambage morari,
Dum refero quo quisque suũ mœrore magistrum
Luxerit: aut quas collegæ sacra turba perempto
Fecerit inferias. numerosa Epicedia luctum
Testãtur, funúsq; probant, dum scamna, colũnæ,
Suggestus, & prǽla gemunt. vos flete, quibus fas
Flere diu: & frænos (si quos flendi ista voluptas
Aut iuuat aut decet) implacido laxate dolori.
Turnebus ipse aliud iubet: & mihi carminis amplam
Præbent materiam tanti solatia lethi,
Et constans virtus, & vitæ consonus actæ
Terminus, & laudata piis morientis imago.
Quãta mihi hinc series dicẽdi, quãtus aceruus
Nascitur? at vereor, ne, si malè singula cautus
Enumerẽ, atq; tuas ter maxime Turnebe laudes
Persequar, inualidos onerosior opprimat axes
Congeries: est ista tuis Aurate, tuísque
Sarcina digna Valens humeris. vos illius ortus
Dicite: vos patriã, genus, & thalamum (ipsemet artes
Ingeniúmque suum scriptis & voce probauit)
Dicite, & æternis mores inscribite fastis.
Nos morbũ & mortem (quanquã his metus est quoque cœptis,
Ne moueam infestis tumidã crabronibus iram)
Funeráque externis memores narramus amicis.

Turnebus, egregiam cuius Regalia Muſam
Pulpita, Neſtoreóq; fluentem nectare linguam
Auribus arrectis & conferto agmine turbæ
Vndique confuſæ multos ſtupuêre per annos,
Dum ſtudet officio & doctæ ſuper eſſe cathedræ,
Attonitámque docet pubem, proceréſque futuros
Inſtruit, & priſci penetralia diſcutit æui,
Auſoniæq́; ſagax latebras, Graióſque recludit
Theſauros, Logicóſq; aperit Phyſicóſq; receſſus,
Immerſúſque libris atque inſatiabilis hæret,
Continuátque diem nocti, nimiúſque laboris
Alternam aſsiduis requiem interponere curis,
Et tempeſtiuo parcit ſe credere ſomno,
Exiguáſque dapes, & ſobria pocula guſtat,
(Proh dolor) ipſe ſibi totíque iniurius orbi,
Immaturus adhuc æui, viridíſque ſenectæ
Vix primos iniens annos, geniúmque modúmque
Corporis, innatíque focum atq; alimenta caloris
Corrupit: vitiũ indè trahũt cor, venter, & hepar:
Læſaq́; dum tetros ſenſim vitalia fumos
Exhalant, cerebro contagia noxia miſcent,
Accumulántq; nouam iamdudũ viribus hauſto
Perniciem capiti: hinc lenti inuicta illa catarrhi
Sæuities: qui perpetuo dum tabida fluxu
Viſcera perfundit, partes ita ſerpit in omnes
Improba vis morbi, vt iam nil niſi vota, piæq́;
Coniugis & comitũ lacrymæq́; precéſq; ſuperſint,

Et

Et nihil, obscuram nisi spem, promittat, opémque
Ambiguã chorus omnis & ars operosa medetũ.
Ergo vbi iã exactæ videt vltima tẽpora vitæ
Turnebus, impauidus, Christóque (vt semper) in vno
Speq́; fideq́; locans, sortémque in vtrãq; paratus,
Seu cuicunque Deus iubeat succumbere morti,
Seu velit absumptæ producere licia telæ,
Impubíque patrem soboli, vxoríque maritum
Vindicet: obsequiturq́; lubens, Christóque mori se
Prædicat (ô fausti facies lætissima lethi)
Et sæpe ingeminans clamat se viuere Christo.
Námque & syncera de relligione quid olim
Senserit, & qua nunc sit denique mente, fateri
Oratus (vos ô proceres fidissima testor
Pectora, vos cito, qui morientis ab ore supremum
Hausistis frigus, trepidáque rigentia mœsti
Lumina clausistis dextra, quid protinus ille
Annuerit) Solenne iubet sibi symbolon alta
Voce legi: tum protensis ad sidera palmis,
Lingua animóque probat, & verba in singula iurat:
Addit & vnius cruciati sanguine Christi
Iustitiáque, hominum sordes animásque piari:
Nec nostris cœlum, sed tartara debita factis
Autumat, atq; operũ & meritorũ somnia dãnat:
Quæq; nec oraclis Vatum, Christi nec amussi

Sunt, nec Apostolicis cōformia dogmata scriptis,
Reiicit, & canibúsq; ea peiùs & anguibus odit.
Atque ita luciferis munitus ad horrida telis
Fata, Deo fidens, & nil nisi mystica spirans
Gaudia, iamdudum terreni mole leuari
Corporis, & Christi membris sociarier optat.
Restat adhuc tamen (& fidos affatur amicos)
Pectore scrupus, ait: ne scilicet æthere cassum
Anxia me tumulo, patrio de more, superbo
Mandet, & ad nostras clamosæ examina turbæ
Conuocet exequias, reboantiáque æra, facésque
Admoueat, sumptúsque mihi paret vxor inanes.
At nebulā hāc remouēt comites, trāquillaq; suadēt
Pectora tam vili absistat dispungere cura.
Nec superos tangit labor ille: nec vlla beatas
Sollicitat, posito iam corpore, nænia mentes.
Ille tamen, ne quid vel se vel coniuge dignum
Negligat, extremóque labet sibi degener actu,
Tandē ita, pauca suis placidè, nec inania, mādās,
Alloquitur sociamq; thori, teneróque puellos.
Pars animæ victura meæ, túq; & mea cōiux,
Et mea vos soboles, lacrymis, precor, atq; querelis
Parcite, nec sæuo præcordia rumpite planctu.
Vixi, & quod dederat vitæ & necis vnicus au-
ctor
Nascenti Dominus spaciū, cursumque peregi.
Nūc reuocat DEUS, & luteos mihi detrahit artus,
AEthereísq;

Æthereísque nouũ ciuem me ciuibus addit.
Viuite: vósque mei memores patris, illa mariti,
Discite virtutem: atque vni vos dedite Christo,
Atque vni seruite Deo: fugite impia Laruæ
Dogmata, & ignotos, sanguis meus, irrita Diuos
Numina, & incerti deliria spernite vulgi.
Quare etiam castis, ne vos malus auferat error,
Sæpe patrem Christi, Christumq́ lacessite votis.
Nec vos inuidiæ, nec vos assuescite rixis:
Sed consanguineæ retinete perennia pacis
Fœdera: sic ego te, sic tu mea me vxor amasti.
Hos tibi commendo socij communia lecti
Pignora: nunc vicibus pariter nostrísque tuísque
Fungere: nunc tua totũ onus hoc in colla recũbat.
Quúmq; etiã ille, tua qui nũc latet abditus aluo
Paruulus (heu tenerũ immodicis ne concute fœtũ
Planctibus) æthereas olim prodibit in auras,
Oscula lactenti tua quum dabis, adijce nostra,
Maternúmq; illi geniúmq; infunde paternum.
Vos matrẽ colite, atq; vna ambo in matre parẽtes
Emineant, cedántque, patri modò debita, matri
Obsequia. hæc vobis pro censu exempla relinquo:
Hoc titulo, his nostrã melius decorabitis vmbrã
Ritibus. atque adeò hoc te vnũ carissima coniux
Oro, si bene quid de te merui, aut tibi quicquam
Dulce meum fuit, hoc postquam iam carcere liber
Cœlestem meus hinc animus migrarit in aulam,

Ne pompã mihi, ne immenso mihi busta paratu
Extrue: marmoreo tumulari nolo sepulcro:
Nolo præcones, nolo crepitacula, nolo
Conducti gregis, & pullatæ monstra phlangis:
Nolo cruces, nolo funalia, nolo boatus,
Nolo preces, nolo. vicina conde cadauer
Areola. (hîc humilem legit quoq; Syluius vrnã)
Et me sub noctem rarus comes efferat. est lux,
Est mea crux meus, est mea spes, mea gloria, Christus.
Hoc, precor, extremũ præsta mihi munus, & istã
Spem sine ferre tui, & secura morte quiescam.
Sic vestros vobis Deus, & tibi prosperet annos.
Sic ait: illapsusque thoro, nec plura loquutus,
Vxorem tremulis natósque amplectitur vlnis.
Illa nihil, nec enim laxat dolor ora, nec illi:
Sed pariter magno cruciati pectora luctu,
Et victi mœrore stupent, viduósque penates
Singultu, lacrymis, gemitu, atque vlulatibus implent.
Nec natis iam grata parens, natique parentem
Aspéctuq; grauat, cumulũque doloribus auget.
Qualiter, æquæuam vehemẽs vbi turbinis æstus,
Disruptũue solũ, aut Iouis impetus eruit vlmũ,
Quã vitis socio innectit nemore, & gracili ãbit
Palmite, complexámq; falerno germine ditat:
Illa iacet: iacet hæc sparsis lacerata flagellis,

Deci-

Deciduásque comas, crudósq; inhonora racemos
Immitem aurã, immite solũ, atque immitia luget
Damna, nec autumnũ curat prostrata futurum.
Iámque oculi languẽt, vultúq; nouissimus horror
Ingruit, & totis calor euanescere membris
Sentitur: quum manè, nouo sub sidere Cancri,
(Linea iam quartam propè quũ describeret horã)
Turnebus, egregiam reddens animã, expirauit.
Nec mora, per totam volat illætabilis vrbem
Rumor, & ingenti percellit plurima plaga
Pectora. pars sua dãna domi cœlántq;, coquúntq;:
Pars clarè lamenta ferunt: pars protinus ædes
Funereas visunt. vicinia personat: itur:
Curritur: inquirunt, alij, quid senserit, aut quid
Iusserit occumbens: alij, quo funere tanti
Dignentur lacrymosa viri Collegia manes.
Pars tumulũ prænosse student, properantq́; recenti
Iusta rogo: pars, ne qua piæ non obstrepat vmbræ
Inuidia, opprobriis acuunt & scommate dẽtem.
Pars abeunt: pars expectant, dum vespere tãdem
Prodiit, & iussa tellure cadauer humatur.
Pauci aderãt comites: fax vnica & altera: nullus
Præficus, aut atri ductor gregis: æra nemo
Sistra quatit. venit tamen, & cõsueta susurrans
Threnia, vicina concurrit ab æde sacerdos
Vnus, itẽ vnus, & alter: ibi infremere omnia. cla-
mant:

Vnde? quis infando hæc sacra cœmeteria busto
Polluit? ô pudor. ô nullo delebile voto
Flagitium! acclamãt populus, rabiosaque laudãt
Iurgia: iámque inhiant sceleri, cupiúntq;, parãtq;
(Ni metuant) manes manibus violare cruentis,
Impia turba, cruce, & stomacho dãnãda lupino.
At tu iam felix, diuísque adscriptus & astris
Nec vulgi rabie fremitúue, minísue moueris:
Zoileos neque latratus, neque putida curas
Scripta. nec vlla tuas possunt corrumpere laudes
Probra: sed inuito viuis liuore: tuísque
Posthuma ab inferiis viuet tua, Turnebe, viuet
Fama, nec ingenij, nec Apollinis indiga nostri.

T. F. T. B.

Ad Leod. à Quercu.

Dulcis amicitiæ, Leodegare, nexus, & vsus,
Quam veritas fouet, & fides.
Scimus amicitiæ quantus tibi nexus, & vsus
Cum Turnebo fuerit tuo:
Quámque fidem viuo seruaueris, & tibi cõstat:
Nec illud ignorant boni.
Sed tamen hoc de te vix postera secula credent,
Qui mortuo fallas fidem.

INVICTA VERITAS.

ADVERSVS EIVS CARMINA, QVI SCRIPSIT ADRIANVM TVRNEBVM morientem, nihil præter preculas, & pia vota petiisse.

Qui nuper pauco Turnebum cum comitatu,
Paucis Sacrificis, scripsit mandasse suis, vt
Mandaretur humo, non sanè est vera loquutus:
Nam nullos voluit, nullum prorsus comitatum:
Nec preculas petiit, vetuit quoque sacra disertè
Istorum, fieri pugnantia Relligioni.

ALIVD.

Quî, rogo, sacrificos Turnebo, lumine casso,
Et placuisse preces, & pia sacra refers?
Nónne superstes adhuc odit cane peius & angue
Talia, & idcirco iussit abesse domo?
Iámque diu fassus Latias se temnere laruas,
Nec qua natus erat relligione mori,
Vnica, ait, Christi nitor veráque salute:
Hic mihi iustitia est, hic via, vita, salus.
Hæc cùm certa fient, & tu tibi conscius horum,
Audes in vulgus spargere fictitia?

SVR LE TRESPAS D'ADRIAN Turn. autresfois precepteur de l'Autheur.

Combien que tes honneurs, heureuse ame, surpassent
D'vn espace infini le bien dire de ceux,
Qui aprés ton trespas amys non paresseux
En ton tombeau lettré tant de beaux vers amassent:
Et que ces mesmes vers, qui ja sublins se tracent
Vn sentier non froyé pour penetrer aux cieux.
Et du temps & des ans rester victorieux,
Non seulement les miens, mais tous autres effacent:
Démeu de mon debuoir non pourtant ie seray,
Ains au mesme tombeau ce mot i'engraueray,
Qu'entre tous les humains, toy seul, pendant ta vie,
Pour les dons merueilleux du tres-exquis sçauoir
Qu'on t'a veu en tous arts & toute langue auoir,
As surmonté le monstre indomptable d'enuie.

I. L VIL.

AVTRE.

C'est tẽps perdu à vous, Grecz & Latins poëtes,
De faire tãt de vers, car tous tant que vous estes,
Ne vous accordez pas, aussi voz escrits vains,
Ne sont totalement au gré des escriuains,
Car les vns trouuẽt bõ, ce qu'aux autres desplaist.
Pour loüer la vertu de quoy sert tant de plaid?
Turnebus a vescu en reputation
D'un fort homme de bien en sa profession:
Et est mort en la foy Chrestienne & catholique,
Et non pas obstiné, comme fait l'heretique.
Parquoy n'escriuez plus, pensans croistre sa gloire,
Car sa vie, & sa mort, sont dignes de memoire.

FIN.

COMPLAINTE SVR LE TRESPAS DE ADRIAN TVRNEBE, par Iean Passerat Troïen, à P. de Ronsard.

Combien qu'en autres uers tu as leu mes complaintes,
Meslées de soupirs & de larmes non feintes,
Alors que ie taschois d'adoucir la douleur,
Qui l'esprit m'a blessé d'un estrange malheur:
Si me plaist il encor, Ronsard, de ietter larmes:
Pour combatre le dueil ie n'ay point d'autres armes.
Et celui qui d'oeil sec uoit un desastre tel,
Il est fils d'un rocher, non d'un homme mortel.
Or puis qu'il fault pleurer, hé que n'ay-ie pour guide
La Muse au piteus chant du triste Simonide:
Ou celle qui força les arbres Thraciens,
De suiure en sautelant les sons musiciens!
Que uois-ie rechercher la lyre Thracienne?
Seulement, mon Ronsard, hé que n'ay-ie la tienne!
Si i'auois la douceur de ta diuine uois,
I'arracherois des pleurs aux rochers & aus bois.
Pour requerir TVRNEBE, *en despit de la Parque,*

I'oserois bien saulter dedans la noire barque.

Mais, helas! ie ne puis autre chose pour lui,
Sinon que par regrets tesmoingner mon ennui:
Dont ton cueur plus constant moins attaint ne me semble:
Meslons doncques, Ronsard, meslons nos pleurs ensemble.
Combien que soit trop bas de mes chordes le son,
Pour monter à l'accord de ta docte chanson:
Nous uoions toutefois les riuieres courantes
Souuent entremesler leurs eaus bien differentes.
Tu uois nostre Delbene, & le gentil Belleau,
De leurs pleurs, comme nous, arrouser son tombeau.
Du mignard de Baif la douleur n'est pareille:
Il ne boit ce malheur sinon que par l'aureille:
Nous l'auons beu des yeus, qui l'auons ueu mourant,
Et r'abbatu les coups du uulgaire ignorant.
De l'Olympe azuré la grand' lampe dorée,
N'apperceut oncques France autant desesperee:
Encores qu'à grand tort les Astres despités
Sur elle aient uersé mille calamités.

Quel mal n'est aduenu en nos guerres ciuiles?
N'auons nous ueu piller, razer, brusler nos uilles:
Les François insensés leur France saccager:
Et à un tel butin appeller l'estranger:
Le fils n'auoit horreur d'assasiner le pere:
Le frere & le cousin tuer cousin & frere:
Le cours des eaus, enflé de tant de corps humains,
Rougir de nostre sang, respandu par nos mains?
Si fortune portoit à nostre France enuie,

De tant & tant de mauls deuoit estre assouuie:
Sans lui rauir encor, contraire à son bon heur,
Tout ce qui lui restoit & de ioïe & d'honneur.
En quoy uous auions nous, cruels dieus, offensés,
Pour estre de nos uœus ainsi recompensés?
Auoit point nostre langue à la tourbe indiscrete
Descouuert le tombeau de Iuppiter en Crete?
Comme les sots Gregeois, auons nous massacrés
Les bœufs Trinacriens au Soleil consacrés?
Auons nous publié les pompes Phrygiennes?
Ou les Thyrses fueillus des festes Orgyennes?
Non, nous auons tousiours aus grans dieus immortels
Offert humbles presents sur leurs ingrats autels.
Toutefois, ô cruels? uostre iniuste tempeste
De l'espoir des humains a fouldroïé la teste.
Si que d'un mesme coup uous aués abbatu
La Science, l'Honneur, l'Amour, & la Vertu.
Que di-ie, ou sui-ie, helas? mieus uault que ie r'ameine
Ma complainte enragee à la douleur humaine.
Ie te pri, mon Muret, si mes pleurs & mes cris
Se lisent par dela, comme icy tes escripts,
De dire aux bons esprits qui sont en Italie,
Que de nostre Soleil la lumiere est faillie.
D'autre part Bucchanam, gloire des Escossois,
Racontera aus siens le malheur des François:
La Mer le roulera iusqu'aus bords d'Angleterre:
Et le Rhin le dira à sa uoisine terre:
Les Vents le semeront aus peuples estonnés,

Pour le faire redire aus Monts paſsionnés.
Les Tigres, les Lions, & les Ourſes cruelles,
Gemiront en oïant ſi piteuſes nouuelles.
Les Vmbres de la Nuit, riches d'un tel butin,
Se uanteront d'auoir le Grec & le Latin.
La Mort, qui l'a conquis, en tuant un ſeul homme,
Triumphera la bas d'Athenes & de Romme.
C'eſt à uous, qui n'aués ſa uictoire empeſché,
Muſes, grande infamie, & non moindre peché.
Le fils d'une de uous dans ces Royaumes uuides
Vif oza bien entrer, ſans peur des Eumenides :
Où remonſtrant ſa perte, & ſa rare amitié,
Les Eſprits palliſſants feit pleurer de pitié.
A fredonner le Luth eſtes uous plus ignares,
Pour flatter des enfers les courages barbares?
Ou TVRNEBE, qui eſt des bons tant regretté,
Voſtre aïde & ſecours n'auoit il merité?
Allés ingrates ſœurs, (la douleur me ſurmonte)
Allés uous en cacher : n'aués uous point de honte?
Et toy uiença auſsi, uiença, dieu Delien,
Qui allongeas les iours du Roy Theſſalien :
Qui fleſchiſſant Pluton par uers & par prieres,
Replias les fuſeaus des trois ſœurs filandieres :
Pourquoy ſi laſchement as tu laiſsé mourir
Celuy que tu deuois par ton art ſecourir?
N'as tu ſouci de nous, ni de noſtre miſere?
Il me plaiſt deſcharger de-ſur-toy ma cholere.
Va banni, ua bouuier, ua t'en garder tes bœufs,

Sans esperer de nous sacrifices, ni uœus.
Quoy que d'or'enauant icy dieu lon te croïe?
Va seruir les maçons aus murailles de Troïe.
Mets bas la lyre d'or, où tu n'as nul sçauoir:
Elle est deuë à Dorat: qui a faict son deuoir
De tordre le licol, auquel on uerra pendre
Le deschire tombeau, & l'esgratigne cendre.
Taupe de Cœmetere, & Strige, qui les os
Du plus grand des humains ne laisses en repos:
Puisse' tu, pour le mieus, meschante creature,
Dans le uentre des loups auoir ta sepulture.

Nullum cum uictis certamen, & æthere cassis,

P. Virg.

PROSOPOPE'E D'ADR. TVRNEBE

PAR ALPHONSE DELBENE Abbé de Haultecombe.

Imitation de Properce.

POurquoy molestes-tu, ma femme, par ta
plainte,
Mon ame, aßés, & trop, de ton ennui
attainte?
Iamais le noir portail de ce m'anoir ici
Estre ne peult ouuert par pitié ni merci.
Et depuis qu'unefois les umbres sont entrées
Sous les fascheuses lois de ces tristes contrées,
Il y fault demeurer. l'immuable destin
A fermé ces chemins d'un mur diamantin.
Cesse donc de pleurer: car depuis que la Parque
Indocile à fleschir, nous a mis en la barque
Du uieillard nautonnier: nous n'auons le pouuoir
De remonter en hault, & uostre iour reuoir.
Dequoy me peult seruir la grande renommee
Qu'ay acquise au trauail de ma plume animée:
Si ie n'ay pour cela trouué nulle amitié
Aus filles de la nuit, qui d'aucun n'ont pitié?
Mais s'il fault maintenant que ie sois asseruie,

Sous les lois de Pluton, à conter de ma uie
La pure uerité : ie ne crains les abbois
Du chien à-trois-goziers, ni les seueres lois
Du iuge Candien, qu'ici tant on reuere :
Ni les bancs arrengés prés sa chaize seuere.
Si debout deuant luy ie tiens aucun propos
Loin de la uerité, que la terre mes os
Charge d'un pesant fais : que ie sois un Tantale,
Ou celuy qui le roc remonte & redeuale :
Qu'on me face soufrir la peine d'Ixion,
Si lon connoist en moy aucune fiction.
On m'orra mon procés plaider en telle sorte.
Si i'ay par le passé aymé d'une amour forte
L'honneur laborieus, & si i'ay combatu
Tous ceus que i'ay senti s'opposer à uertu :
Si de tout mon pouuoir i'ay embelli la France,
Chassant de tous endroits le monstre d'ignorance:
Si ie n'ay abuzé de l'honneur & sçauoir
Que ie me suis acquis en faisant mon deuoir:
Si des plus grans Seigneurs ie n'ay cherché la grace:
Et si l'ambition en mon cueur n'a pris place :
Si i'ay aimé les miens, mon Pais, & mon Roy :
Et si iusqu'à la mort leur ay gardé la foy :
Si le mieus que i'ay peu, i'ay tasché de bien faire :
Et si on en reçoit ici quelque salaire :
Ie ne doy maintenant auoir aucune peur.
Ains à bon droit iouïr de l'eternel bon heur
Qu'esperent receuoir les ames bienheureuses,

Qui d'honneur & uertu ont esté amoureuses.
De sur tout äies soin, ô ma chere moitié,
De nos communs enfans, gages de l'amitié
Que i'ay trouuée en toy. Ie n'ay souci du reste:
Rien ici que cela mon Vmbre ne moleste.
Fais de Pere & de Mere ensemble le deuoir,
Puisque faire le mien n'est pas en mon pouuoir.
Ie te supplie aussi, äies sur tout la crainte,
De nuire par tes pleurs au fruit dont es enceinte.
Alors qu'il uiendra uoir la lumiere du iour,
Et que le baiseras par un tresgrand amour:
Baise le aussi pour moy. Et uous qui uostre pere
Aués trop tost perdu, honorés uostre mere
Mes enfans tant cheris: le repos gracieus
Auquel auons uescu, se presente à uos yeus.
Et si en ces bas lieus ie reçoy la nouuelle,
Que uous uiuies ensemble en une amitié telle,
Cessés de me pleurer. irés uous lamentant
Celuy qui restera tres-heureus & contant?

AD PETRVM RONSARDVM
de obitu Adr. Turnebi.

QVales uerendi filia Nerei
Misit querelas pectore ab intimo,
Cùm filium audiuit ferocem
Dardania domitum sagitta:
Qualés ue fletus uicta graui Venus
Mœrore fudit, cùm Cinyra sati
Exangue corpus uidit, acri
Dente suis miserè peremptum:
Deserta quales aut gemitus dedit
Cëycis uxor, cùm exanimis sui
Consortis est amplexa corpus
Expositum æquoreis arenis:
Ronsarde tales fundere lacrymas
Es uisus alto è pectore, Pallada &
Quicunque amat, Phœbi & recessus,
Et placidas Heliconis umbras.
Cessisse iniquis quisque uirum dolet
Fatis, uirorum qui fuit optimus,
Aetatis & nostræ decus, seu
Vis Latiis, studiis ue Græcis.
Ille, ille doctus Turnebus óccidit,
Cui Musa mater lumina condidit,

Tristisque Phœbus tristiores
In lacrymas pepulit sorores.
Ronsarde nil est perpetuum, nihil
Nisi caducum. Tu, licet, aspice
Quacunque magnum sol per orbem
Flammiferos agitet iugales.
Nos nec suaues Pieridum chori,
Nec Martis ingens gloria feruidi,
Virtus nec ardens, à futuro
Interitu reuocare possunt.
In nostra tantùm non habet Atropos
Ius facta. Viuet Turnebus inclytus,
Eiúsque suscepti labores,
In mare dum fluuij uehentur.

N. *Vergetius.*

ADR.
TVRNEBO
VIRO OMN.
VIRT. OMN. Q.
LIT. GEN. INSTRV-
CTISS. ATQVE OR-
NATISS. PHILOSOPHIÆ
IN SCHOLA PARIS. PRO-
FESS. REGIO CLARISS. IO.
AVRATVS, DION. LAMBINVS
EIVS COLL. P. RONSARDVS,
GERM. VAL. PIMPVNTIVS,
IO. PASSERATIVS, ALPH.
ELBENÆVS, NIC. VERGE-
TIVS, HVNC E GR. LAT.
GALL. CARM. TVMVL.
MÆR. EXCITARVNT,
XIIII. KAL. QVINCT.
ANNO A CHR. N.
CIↃ. IↃ. LXV.
VIXIT ANN.
LIV.

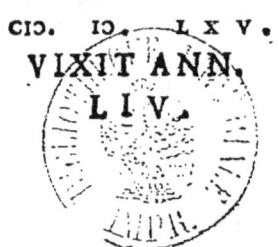

Non quæ, Nile pater, superba cernis
Altis Marmora nubibus minari,
Sculptum aut Phidiaca manu sepulchrum:
Turnebi placet ossibúsque, & vmbræ,
Musarum Tumulus politus arte.

Io. Pass.

In Adriani Turnebi obitum

IOANNIS PASSERATII

ELEGIA,

Ad Dionysium Lambinum.

PARISIIS,

Apud Federicum Morellum, in uico Bellouaco, ad vrbanam Morum.

M. D. LXV.

In Adriani Turnebi obitum

IOANNIS PASSERATII

ELEGIA,

ad Dionysium Lambinum.

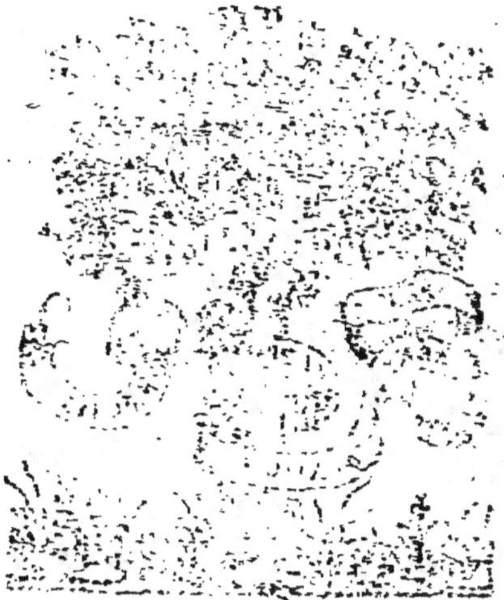

PARISIIS.

Apud Federicum Morellum, in vico Bellovaco,
ad urbanam Morum.

M. D. LXV.

In Adriani Turnebi obitum

IOANNIS PASSERATII ELEGIA,

Ad Dionysium Lambinum.

VERA *igitur totam bacchata est fama per vrbem?*
Ausa est tam tetrum barbara Parca nefas?
Interiit doctæ spes inuidiosa Mineruæ?
Raptáque ab Aoniis gloria summa iugis?
Nunc nunc flere iuuat: iuuat indulgere dolori:
Nec, liceat quamuis, lætior esse velim.
Gallia TVRNEBO, *simul est elata, sepulto.*
Me quisquam in patriæ funere flere vetet?
Ecquid, ïo, sentis quantus nos occupat horror?
Nostráque quàm sæuus pectora mœror edit?
Credo equidem, Lambine, minus doluisse parentem,
Cùm tractum Aemoniis Hectora vidit equis.
Mæsta minus fuerat, tunc cùm tradebat auaro
Bis sex natorum Tantalis ossa rogo.

Ac minus in densa ramorum, flebilis, vmbra
    Luget Bistonium Tereos vxor Ityn.
Hoc Phaëtontæo Sol vidit acerbius igni,
    Et pueri casu tristius Oebalij.
Nuntius haud metuò grauior ne vulneret aureis.
    Mens veluti dextra concidit icta Iouis.
Illa caret sensu: quæ, si non læua fuisset,
    Debuerat luctus edidicisse suos.
Viderat insolito disrumpi frigore saxa:
    Viderat & pigro flumina vincta gelu.
Pòst, Zephyro pellente Notum, sub hirundine prima,
    Altera venturi signa fuere mali.
Turbidior Rhodano, ripáq; effusus ab alta,
    Insanis ter agros Sequana mersit aquis.
Scilicet antè suæ damnum persenserat vrbis,
    Vt sunt cæruleo nota futura deo.
Auxerunt lacrymis vndas, pia numina, Nymphæ:
    Quæ segeti pietas officiosa nimis.
Illacrymant quid enim Morti? non flectitur illa,
    Nec Cælum surdum vota, precésq; mouent.
Et colimus superos? (aureis auertite diui)
    Tam citò cùm rapiant impia fata bonos?
Extremam attingit prædonis vita senectam:
    Periuros cana cernimus esse coma.
Non nisi post longæ felicia tempora lucis,
    Parcæ sacrilegis vltima fila legunt.
Nimirum inuidia semper maiore premuntur
    Optima, viua diu deteriora manent.

I nunc, & sterilis spira virtutis amorem:
Ter quater ô pulchro nomen inane sono!
Incumbas studiis. tibi nil didicisse tot arteis
Proderit, & veterum tot monumenta virûm.
Innuba non potis est uel torua Gorgone Pallas,
Vel Phœbus medica vincere fata manu.
Musæ Mæonij non olim uatis ab undis
Pallidulum Stygiis explicuere pedem.
Tænariísq; semel rediit qui faucibus Orco,
Idem iterum cæcum non superauit iter.
Si Pietas, Virtus, Doctrina moueret Auernum:
Auras TVRNEBVS carperet aërias.
Dij tamen hôc melius, quòd cæco carcere liber
Iam iam parta suo regna labore colit.
Res hominum fragileis, plebémq; exosa profanam,
Nobilis Elysium uisit imago nemus.
Illic Budæus, nostra laus altera gentis,
Vmbræ TVRNEBI gestiet ire comes.
Quos circum denso uolitabunt agmine Manes,
Sparsuri lectas utraq; in ora rosas.
Nunc sese ludo exercent, nunc gramine fusi,
Nunc manibus iunctis carmina læta canunt.
At nobis miseris curæ, TVRNEBE, relictæ,
In quas humanum nascitur omne genus.
Hinc nati dulces, tuáq; hinc fidissima coniux
Confecta assiduis luctibus, orba, iacet.
Vitis ut à socia quando diuellitur vlmo,
Languida marcenti uertice pulsat humum:

Siue Iubar surgit, mœrentes cernit amicos,
Seu rutilum occiduo tingit in amne caput.
Clarus ab Hospitio, Memmî generosa propago,
Pimpuntî studiis nobilitata domus;
Te flet Lambinus, cuiq; est cognomen ab auro,
Et Graiæ & Latiæ fama secunda lyræ:
Te noster vates, cuius numerisque modisque
Thebanus Gallis cedere uisus Olor.
Te propter carum non Cypria plorat Adonin:
Threïcium oblita est Calliopéa scelus.
Flent Charites, luget Phœbus, Cyllenius ales
Incusat uirgæ tristia iura suæ.
Communem cladem montes siluæq; queruntur,
Crudelésq; ferunt ingemuisse feras.
Te quoq; defleui, (Nox testis & Astra dolenti)
Officióque pio lumina nostra tument.
Quem colui uiuum, fuit is post fata colendus.
Et, mirum, ex ipso funere creuit amor.
Hauri ergo has lacrymas, post stamina rupta sororum
Iste tuis ueniet Manibus unus honos.
Defessus fletu, luctus in carmina uerti.
Eßémne in tanto vulnere fortis ego?
Nempe etiam caso nato, qui fulmina torquet,
Iliacis campis sanguinis imbre pluit.
Surgit ab Eoo quoties Thaumantias orbe,
Mennonis amißi pâret in ore dolor.
Quóq; loquax alitur gemmanti rore cicada,
Ex flentis roseis labitur ille genis.

Sed ſatis eſt queſtus: nam quem lugemus ademptum,
Quem ſtupidum vulgus deperiiſſe putat,
Solis ab Heſperio, *penna properante, cubili*
Tithoni ad thalamos fama ſuperſtes aget:
Aurea dum furuæ per ſacra ſilentia Matris
Sidera ſuſpiciet ducere Luna *choros.*

EIVSDEM IN ADR. TVRNEBI Aduerſariorum libros.

Bis ſeni Alciden *cælo euexere labores,*
Liquit *vt* Oetæo *corpus inane rogo.*
Bis totidem exhauſtis, miro Iouis *edita partu*
TVRNEBVM *propriis vexit in aſtra rotis.*
Aduerſis fatis, monſtris pugnauit uterque:
Viribus hic animi, corporis ille potens.
Ac poſtquam ambobus tot monſtra oppreſſa, ſupremo
Inuidiam vinci ſenſit vterque die.

COMPLAINTE SVR LE TRESPAS DE ADRIAN TVRNEBE, par Iean Paſſerat Troïen, à P. de Ronſard.

Combien qu'en autres uers tu as leu mes complaintes,
Meſlées de ſoupirs & de larmes non feintes,
Alors que ie taſchois d'adoucir la douleur,
Qui l'eſprit m'a bleſſé d'un eſtrange malheur:
Si me plaiſt il encor, Ronſard, de ietter larmes:
Pour combatre le dueil ie n'ay point d'autres armes.
Et celui qui d'oeil ſec uoit un deſaſtre tel,
Il eſt fils d'un rocher, non d'un homme mortel.
Or puis qu'il fault pleurer, hé que n'ay-ie pour guide
La Muſe au piteus chant du triſte Simonide:
Ou celle qui força les arbres Thraciens,
De ſuiure en ſautelant les ſons muſiciens!
Que uois-ie rechercher la lyre Thracienne?
Seulement, mon Ronſard, hé que n'ay-ie la tienne!
Si i'auois la douceur de ta diuine uois,
I'arracherois des pleurs aux rochers & aus bois.
Pour requerir TVRNEBE, *en deſpit de la Parque,*

I'oserois bien saulter dedans la noire barque.
Mais, helas! ie ne puis autre chose pour lui,
Sinon que par regrets tesmoingner mon ennui:
Dont ton cueur plus constant moins attaint ne me semble:
Meslons doncques, Ronsard, meslons nos pleurs ensemble.
Combien que soit trop bas de mes chordes le son,
Pour monter à l'accord de ta docte chanson:
Nous uoions toutefois les riuieres courantes
Souuent entremesler leurs eaus bien differentes.
Tu uois nostre Delbene, & le gentil Belleau,
De leurs pleurs, comme nous, arrouser son tombeau.
Du mignard de Baif la douleur n'est pareille:
Il ne boit ce malheur sinon que par l'aureille:
Nous l'auons beu des yeus, qui l'auons ueu mourant,
Et r'abbatu les coups du uulgaire ignorant.
De l'Olympe azuré la grand' lampe dorée,
N'apperceut oncques France autant desesperee:
Encores qu'à grand tort les Astres despités
Sur elle aient uersé mille calamités.
Quel mal n'est aduenu en nos guerres ciuiles?
N'auons nous ueu piller, razer, brusler nos uilles:
Les François insensés leur France saccager:
Et à un tel butin appeller l'estranger:
Le fils n'auoit horreur d'assaßiner le pere:
Le frere & le cousin tuer cousin & frere:
Le cours des eaus, enflé de tant de corps humains,
Rougir de nostre sang, respandu par nos mains?
Si fortune portoit à nostre France enuie,

De tant & tant de mauls deuoit estre assouuie:
Sans lui rauir encor, contraire à son bon heur,
Tout ce qui lui restoit & de ioïe & d'honneur.
En quoy uous auions nous, cruels dieus, offensés,
Pour estre de nos uœus ainsi recompensés?
Auoit point nostre langue à la tourbe indiscrete
Descouuert le tombeau de Iuppiter en Crete?
Comme les sots Gregeois, auons nous massacrés
Les bœufs Trinacriens au Soleil consacrés?
Auons nous publié les pompes Phrygiennes?
Ou les Thyrses fueillus des festes Orgyennes?
Non, nous auons tousiours aus grans dieus immortels
Offert humbles presents sur leurs ingrats autels.
Toutefois, ô cruels? uostre iniuste tempeste
De l'espoir des humains a fouldroïé la teste.
Si que d'un mesme coup uous aués abbatu
La Science, l'Honneur, l'Amour, & la Vertu.
Que di-ie, ou sui-ie, helas? mieus uault que ie r'ameine
Ma complainte enragee à la douleur humaine.
Ie te pri', mon Muret, si mes pleurs & mes cris
Se lisent par dela, comme icy tes escripts,
De dire aux bons esprits qui sont en Italie,
Que de nostre Soleil la lumiere est faillie.
D'autre part Bucchanam, gloire des Escossois,
Racontera aus siens le malheur des François:
La Mer le roulera iusqu'aus bords d'Angleterre:
Et le Rhin le dira à sa uoisine terre:
Les Vents le semeront aus peuples estonnés,

Pour le faire redire aus Monts paßionnés.
Les Tigres, les Lions, & les Ourses cruelles,
Gemiront en oïant si piteuses nouuelles.
Les Vmbres de la Nuit, riches d'un tel butin,
Se uanteront d'auoir le Grec & le Latin.
La Mort, qui l'a conquis, en tuant un seul homme,
Triumphera la bas d'Athenes & de Romme.
C'est à uous, qui n'aués sa uictoire empesché,
Muses, grande infamie, & non moindre peché.
Le fils d'une de uous dans ces Royaumes uuides
Vif oza bien entrer, sans peur des Eumenides:
Où remonstrant sa perte, & sa rare amitié,
Les Esprits pallissants feit pleurer de pitié.
A fredonner le Luth estes uous plus ignares,
Pour flatter des enfers les courages barbares?
Ou TVRNEBE, *qui est des bons tant regretté,*
Vostre aïde & secours n'auoit il merité?
Allés ingrates sœurs, (la douleur me surmonte)
Allés uous en cacher: n'aués uous point de honte?
Et toy uiença außi, uiença, dieu Delien,
Qui allongeas les iours du Roy Thessalien:
Qui fleschissant Pluton par uers & par prieres,
Replias les fuseaus des trois sœurs filandieres:
Pourquoy si laschement as tu laissé mourir
Celuy que tu deuois par ton art secourir?
N'as tu souci de nous, ni de nostre misere?
Il me plaist descharger de-sur-toy ma cholere.
Va banni, ua bouuier, ua ten garder tes bœufs,

Sans esperer de nous sacrifices, ni uœus.
Quoy que d'or'enauant icy dieu lon te croïe?
Va seruir les maçons aus murailles de Troïe.
Mets bas la lyre d'or, où tu n'as nul sçauoir:
Elle est deuë à Dorat: qui a faict son deuoir
De tordre le licol, auquel on uerra pendre
Le deschire tombeau, & l'esgratigne cendre.
Taupe de Cœmetere, & Strige, qui les os
Du plus grand des humains ne laisses en repos:
Puisse' tu, pour le mieus, meschante creature,
Dans le uentre des loups auoir ta sepulture.

Nullum cum uictis certamen, & æthere cassis,
P. Virg.

PROSOPOPE'E D'ADR. TVRNEBE

PAR ALPHONSE DELBENE Abbé de Haultecombe.

Imitation de Properce.

POurquoy molestes-tu, ma femme, par ta plainte,
Mon ame, assés, & trop, de ton ennui attainte?
Iamais le noir portail de ce m'anoir ici
Estre ne peult ouuert par pitié ni merci.
Et depuis qu'unefois les umbres sont entrées
Sous les fascheuses lois de ces tristes contrées,
Il y fault demeurer. l'immuable destin
A fermé ces chemins d'un mur diamantin.
Cesse donc de pleurer: car depuis que la Parque
Indocile à fleschir, nous a mis en la barque
Du uieillard nautonnier: nous n'auons le pouuoir
De remonter en hault, & uostre iour reuoir.
Dequoy me peult seruir la grande renommee
Qu'ay acquise au trauail de ma plume animée:
Si ie n'ay pour cela trouué nulle amitié
Aus filles de la nuit, qui d'aucun n'ont pitié?
Mais s'il fault maintenant que ie sois asseruie,

Sous les lois de Pluton, à conter de ma uie
La pure uerité : ie ne crains les abbois
Du chien à-trois-goziers, ni les seueres lois
Du iuge Candien, qu'ici tant on reuere :
Ni les bancs arrengés prés sa chaize seuere.
Si debout deuant luy ie tiens aucun propos
Loin de la uerité, que la terre mes os
Charge d'un pesant fais : que ie sois un Tantale,
Ou celuy qui le roc remonte & redeuale :
Qu'on me face soufrir la peine d'Ixion,
Si lon connoist en moy aucune fiction.
On m'orra mon procés plaider en telle sorte.
Si i'ay par le passé aymé d'une amour forte
L'honneur laborieus, & si i'ay combatu
Tous ceus que i'ay senti s'opposer à uertu :
Si de tout mon pouuoir i'ay embelli la France,
Chassant de tous endroits le monstre d'ignorance:
Si ie n'ay abuzé de l'honneur & sçauoir
Que ie me suis acquis en faisant mon deuoir:
Si des plus grans Seigneurs ie n'ay cherché la grace:
Et si l'ambition en mon cueur n'a pris place :
Si i'ay aimé les miens, mon Pais, & mon Roy :
Et si iusqu'à la mort leur ay gardé la foy :
Si le mieus que i'ay peu, i'ay tasché de bien faire :
Et si on en reçoit ici quelque salaire :
Ie ne doy maintenant auoir aucune peur.
Ains à bon droit iouïr de l'eternel bon heur
Qu'esperent receuoir les ames bienheureuses,

Qui d'honneur & uertu ont esté amoureuses.
De sur tout aïes soin, ô ma chere moitié,
De nos communs enfans, gages de l'amitié
Que i'ay trouuée en toy. Ie n'ay souci du reste:
Rien ici que cela mon Vmbre ne moleste.
Fais de Pere & de Mere ensemble le deuoir,
Puisque faire le mien n'est pas en mon pouuoir.
Ie te supplie aussi, aïes sur tout la crainte,
De nuire par tes pleurs au fruit dont es enceinte.
Alors qu'il uiendra uoir la lumiere du iour,
Et que le baiseras par un tresgrand amour:
Baise le aussi pour moy. Et uous qui uostre pere
Aués trop tost perdu, honorés uostre mere
Mes enfans tant cheris: le repos gracieus
Auquel auons uescu, se presente à uos yeus.
Et si en ces bas lieus ie reçoy la nouuelle,
Que uous uiuies ensemble en une amitié telle,
Cessés de me pleurer. irés uous lamentant
Celuy qui restera tres-heureus & contant?

www.ingramcontent.com/pod-product-compliance
Lightning Source LLC
Chambersburg PA
CBHW060831250626
47162CB00005B/2024